Francis Walder

Saint-Germain
ou la négociation

Gallimard

Francis Walder est né à Bruxelles. Il a publié cinq romans : *Saint-Germain ou la négociation, Cendre et or, Une lettre de Voiture* (Gallimard); *Chaillot ou la coexistence, Le hasard est un grand artiste* (Belfond). Le prix Goncourt lui a été décerné en 1958 pour *Saint-Germain ou la négociation.*

Je l'avoue, certains souvenirs de comités, nationaux et internationaux, auxquels je pris part, ne sont pas étrangers à la composition de ce livre. A Londres, à Paris, en diverses langues, les réunions se sont succédé au cours de ces années qui me paraissent déjà lointaines. Les délégations se rencontraient autour des tables vertes, et leurs débats n'auraient pu aboutir si chacune n'était entrée en séance avec un plan et une tactique propres. Les tours et les finesses où les conduisaient ces tactiques m'ont souvent donné à penser qu'un portrait du négociateur était à faire. Mais où le situer? Dans le présent, difficile. Dans l'Histoire, donc. Encore valait-il mieux éviter toute circonstance internationale, qui risquait de paraître anachronique et choquante aujourd'hui. Je choisis l'assez obscure Paix de Saint-Germain, signée en 1570, pour y montrer des Français traitant avec des Français.

Non, je n'ai retenu les traits d'aucune personne rencontrée dans les commissions et les

9

conférences, pour faire les acteurs du présent ouvrage. Cet ouvrage n'a pas de clefs. Le narrateur et son collègue sont historiques, ils ont véritablement négocié les clauses de la Paix de Saint-Germain, dans l'ordre où elles sont présentées. Seule la façon de s'y prendre n'est pas garantie par des documents de l'époque. Leurs deux adversaires sont créés à partir de figures rappelées des lointains de ma vie, très antérieures à ces années de Londres et de Paris, et qui jamais n'apparurent dans aucun milieu diplomatique. Le personnage féminin qui se joint à eux est tout à fait imaginaire.

Oui, j'ai fait un roman de cette chose en apparence la plus sèche, la plus impersonnelle du monde : le débat d'un traité. C'est que dans les coulisses jouaient des ressorts vivants, et ce qui vit est romanesque. On pouvait s'y attendre, ce sont des hommes qui sont en scène. Quant au narrateur, si j'ai noirci son caractère, si généralement j'ai insisté sur la duplicité des personnages, c'est que le roman appelle ce genre d'accentuation. La distribution ainsi donnée, et plus appuyée que nature, il restait à la lancer dans les procédures qui sont d'usage depuis qu'on négocie, pour voir jouer les ressorts plus ostensiblement que dans le réel. Je m'y suis amusé.

Puissiez-vous de même...

F. W.

I

La vérité n'est pas le contraire du mensonge, trahir n'est pas le contraire de servir, haïr n'est pas le contraire d'aimer, confiance n'est pas le contraire de méfiance, ni droiture de fausseté.

Hier soir, devant l'âtre où flambaient des branches d'arbre mort, j'ai rêvé à mon passé. Le caractère incertain m'est apparu, de cette existence consacrée en bonne part à la diplomatie, et je me suis demandé si tant de flou était dû au métier qui a eu mes préférences, ou s'il s'agissait d'une disposition propre à ma nature, ou si peut-être toute vie humaine est chose nécessairement vague, contournée, et désaccordée en ses extrêmes.

Il m'a toujours semblé que j'avais mené une existence falote. Rien dans ces courses, dans ces multiples démarches qui m'ont occupé plus que mes charges officielles, ne m'a conduit au premier plan. Et pourtant le contraste m'a saisi, de tant de puissance ressentie, tant de ressources exploitées, et du peu qui s'en est manifesté à la surface du monde visible. J'en ai conclu que toute activité véritablement humaine se referme sur soi, que les combats d'hommes se déroulent dans l'ombre, que ce qui en paraît finalement à la lumière, et qu'on appelle victoire ou défaite, n'est qu'arrangement factice fait pour les yeux de la multitude et sans rapport avec le fond.

Dès lors celui qui aime de construire se doit d'agir obscurément. J'ai été de ceux-là. A d'autres, j'ai laissé le soin de porter le mérite apparent de mes œuvres. Cela était nécessaire, car ombre et lumière ne sont pas compatibles et il faut choisir l'une ou l'autre. Mais il me semblait qu'eussé-je pu jouer les deux rôles, et après avoir été l'artisan de mes négociations en être aussi le triomphateur, j'eusse trouvé inélégant et vulgaire d'y consentir. La conscience d'être l'initiateur profond et éclairé d'une œuvre dont quelque autre assume la paternité, est une sensation mâle et forte. Fermer sa pensée sur elle-même, écouter passer l'erreur parmi les bavardages et la reconnaître sans la suivre, est une satisfaction de choix. Toujours je m'y suis livré. Mon immense orgueil y trouvait son compte, et faute de posséder une cause – puisque aucun orgueil n'en a – du moins se donnait un objet.

Le désir m'est venu, rêvant devant ces flammes, de raconter ma vie. Les multiples détours que j'y reconnaissais faisaient dans ma mémoire, d'épisodes peu connus, des narrations plus ingénieuses que beaucoup de fables. De fines incertitudes de sentiments, que j'ai traduites en aphorismes au début de ces pages, m'offraient plus de clarté que beaucoup de philosophies. Seul m'arrêtait le souci de choisir.

J'ai longtemps médité sur ces années d'Italie, où minutieusement, passionnément, discrètement j'ai appris l'art diplomatique du peuple même qui l'a inventé. Je pouvais trouver là d'innombrables épisodes dont l'histoire secrète étonnerait le monde. Puis ma songerie m'a reconduit en France, et je me suis arrêté à cette paix que nous conclûmes à Saint-Germain, dont les négociations me laissent un souvenir singulier. Est-ce parce que j'y ai croisé deux personnages de haute figure, parce que les traverse une image de femme qui n'a pas livré son énigme ? Peut-être y ai-je trouvé le plus de champ pour exploiter les ressources de ma conscience et les sinuosités de mon caractère.

II

Et me voici, en ce matin de février 1591, dans la chambre la plus élevée de ma maison langue-docienne, dictant et me remémorant les fastes de cette époque. Par la fenêtre, j'aperçois la campagne sèche, glacée par le temps rigoureux que nous connaissons. L'hiver convient aux souvenirs, étant mort et eux aussi.

C'est précisément à une saison pareille d'il y a vingt et une années que me renvoie la première image retrouvée dans mon esprit. Le roi Charles IX me manda un jour de mars 1570. Vous vous rappelez ce monarque : non dépourvu d'allure ni de vaillance, mais soumis à un tempérament colérique et par là instable. En ses mauvais jours on le voyait errer, parmi les appartements, tournant de droite et de gauche une figure dilatée par la hargne intérieure, comme s'il eût cherché où et sur quoi éclater. Ou bien il marchait droit devant lui, le regard fixe et la lippe avancée, sombrement résigné à un destin contraire que lui seul aurait pu définir. Sa parole était alors aussi rare que violente. Il se bornait à répéter le même propos, quelles que fussent les réponses qu'on lui faisait – comme un enfant buté qui ne veut pas entendre raison.

Il fut toujours trop assuré du recours auprès de la reine mère, qui veillait sur chacun de ses pas. Cette solitude lui aura manqué, cet abandon, cette liberté d'action qui font les chefs précoces. Il mûrissait cependant, et à certains signes on peut croire qu'il eût fait un assez grand roi si la maladie l'eût épargné – emportant la reine mère à sa place.

Ses narines et ses lèvres plus gonflées que de coutume m'avertirent que son humeur le travaillait. Je m'enfermai en moi-même, selon mon usage, m'entourant d'un vide de passion, d'une zone d'indifférence et d'insensibilité où s'émousseraient ses attaques, à l'abri de laquelle je pourrais enregistrer, peser et répondre.

Le roi me dit qu'il – c'était en réalité la reine mère – avait décidé de traiter avec les huguenots. Convaincu de l'inutilité des guerres intérieures qui affaiblissaient la France, il acceptait de transiger et faisait une concession. La liberté de conscience était reconnue aux réformés. Désormais ils pourraient se réclamer de leurs convictions, mais aucune manifestation rituelle et publique ne serait admise.

– Telle doit être, conclut-il, votre position, monsieur de Malassise.

– En deçà de cette position, Sire, questionnai-je, de combien puis-je reculer?

Le poing du roi s'abattit sur la table.

– Pas d'un seul pas!

Je me levai aussitôt.

– Sire, cherchez un militaire. Je suis un diplomate.

Et je gagnai la porte. Je m'y attardai cependant, lui laissant le temps de me rappeler. Mais il n'en fit rien – du moins tout de suite.

– Pas d'un seul pas! répéta-t-il, balançant un front lourd, comme s'il m'eût menacé de cornes invisibles – et ne bougea plus jusqu'à ce que je sortisse.

Le lendemain je fus rappelé. Je trouvai le roi en compagnie de monsieur de Biron.

– Voici, me dit-il, le militaire.

A sa mine détendue, je vis qu'il goûtait ma surprise et, à travers elle, ce qu'il croyait être son astuce. Il m'exposa que l'idée avait paru bonne et que si pareille négociation exigeait les services d'un diplomate, par certains aspects néanmoins elle requérait la présence d'un soldat.

– Ainsi, dit-il, vous traiterez à deux. Et tandis que je compte sur monsieur de Biron pour ne pas rompre d'une ligne, j'attends de votre habileté qu'elle dénoue les difficultés où vous mettra son intransigeance.

La main de la reine mère se faisait sentir, et je ne devinais pas sans plaisir l'action fine et retorse de l'Italienne dans cette manœuvre qui tournait mon refus de la veille. Je connaissais de longue date monsieur de Biron. C'était un excellent capitaine. Diplomatiquement il ne pouvait me porter ombrage, mais il pouvait m'entraver beaucoup par certains partis pris.

Court et fort, large et lourd, boiteux, il compensait l'infirmité de sa jambe par un goût incroyable de l'ostentation. Ses yeux saillants n'avaient qu'une expression : l'assurance, sa voix était riche, basse, fort timbrée et s'élevait aisément au diapason du tonnerre. Par de multiples attributs sa personne, toujours richement vêtue, convenait à l'apparat comme la mienne à l'effacement.

Cependant il ne pouvait lui agréer, avec tant de pompe dans le caractère, de se pencher sur la subtilité des problèmes, d'en saisir les nuances et d'en démêler la fine organisation.

J'avais durant la nuit médité sur l'ambassade auprès des huguenots, et, comme il se produit d'habitude, si je l'avais tout d'abord traitée à la légère, j'y tenais à présent comme à un morceau où j'aurais commencé à mordre. Le dépit de m'y voir attelé auprès d'un ignorant me piqua au vif. Puis je réfléchis qu'avec son humeur impétueuse, monsieur de Biron assumerait dans cette affaire la charge des apparences et me laisserait l'occasion de quelques beaux travaux dérobés. On le verrait s'affairer, traverser Paris en hâte, bourdonnant et vibrant aux oreilles de tous tandis que je mènerais en coulisse l'action essentielle. Au demeurant, notre mandat nous bridait au point que l'insuccès était probable et il convenait que je me couvrisse d'un associé dont la surface absorberait le blâme public. Rassuré par ces considérations, je donnai mon assentiment – ou plus exactement, je justifiai envers moi-même, par ces considérations, un assentiment que mes goûts profonds me poussaient à donner.

Par une singulière fortune, notre mission faillit aboutir dès le début. Nous joignîmes les huguenots à Saint-Etienne, dont ils pillaient les environs, et trouvâmes l'amiral de Coligny malade. Quoiqu'il fût en état de nous recevoir, son entourage ne put cacher les inquiétudes qu'inspirait sa condition.

– Voilà qui n'est pas de mauvais augure, dit monsieur de Biron.

J'opinai sans réserve.

– Nous rencontrons un ennemi affaibli, reprit-il. Sa résistance morale est probablement diminuée par la défaillance de son corps. C'est le moment d'attaquer, le plus violemment que nous pourrons.

18

Mais ce n'était pas de cette façon que j'entendais notre avantage. J'ai toujours observé qu'en négociation l'élément imprévu est de précieux rapport pour qui sait s'en servir. Chaque délégation vient avec un programme d'idées et d'arguments fait d'avance. Rien dans son mandat qui n'ait été retourné, ruminé vingt fois. Dès lors toute nouveauté, même favorable, sème le trouble dans cet ordre préconçu et produit un moment d'incertitude, dont l'esprit le plus vif tire parti avant les autres.

La maladie de l'amiral ne pouvait atteindre sa conscience. Les natures de cette trempe se reposent à peine sur la santé des organes. Ils ne sont que nerfs et passion. Mais s'il fallait renoncer à l'attaquer en sa force, il était possible de lui faire craindre la faiblesse de ses compagnons, qui devait à son esprit dominateur paraître évidente.

– Il vous revient, soufflai-je à monsieur de Biron, de présenter au chef des huguenots les offres du roi.

Ce qu'il fit. Monsieur de Coligny les rejeta avec une violence qui ne laissa aucun doute sur sa lucidité. Il dit que nulle religion ne se conçoit sans culte, et que permettre de la confesser mais non de la pratiquer revenait à ne point la permettre du tout.

Je pris alors la parole et commençai, selon un

usage que j'ai trouvé utile, par approuver l'adversaire en tout ce qu'il venait de dire.

– Votre réponse, monsieur l'amiral, est sage et vos raisons me paraissent pleines de sens. A votre place, je ne plaiderais pas autrement et, même restant à la mienne, je ne crois pas pouvoir rien opposer à ce que vous venez de dire. Aussi bien ceux qui m'envoient – ici j'inventais – ne contestent-ils pas la justesse de vos vues, mais entendent discuter à quelle allure elles se réaliseront. Sa Majesté n'ignore plus – ici je hasardais – qu'il faut que huguenots et catholiques cohabitent en France. Elle souhaite que ce soit en paix. Elle sait – ici je mentais et transgressais mon mandat – que pour y arriver il faudra consentir davantage et notamment passer par où vous voudriez que nous passions aujourd'hui. Mais elle souhaite y mettre le temps. Il s'agit d'étapes, monsieur l'amiral, et de savoir si vous acceptez de vous arrêter et de marquer un repos à la première, tandis que la France respirera.

L'amiral me regardait. Il avait le menton barbu, le front haut, le nez fort, le cou maigre et droit, la bouche méprisante. Sa figure était noire sous la barbe touffue. On en remarquait davantage une certaine habitude qu'il avait de révulser les yeux et d'en laisser voir le blanc lorsqu'il réfléchissait.

– Qui m'assure, répondit-il, que la première

étape acceptée, on m'accordera plus tard la seconde?

– Certes pas moi, répondis-je en souriant.

Je pensais ici à monsieur de Biron, qui devait pâlir d'entendre mes inventions et contre qui j'avais à me garder.

– Je n'affirme pas, monsieur l'amiral, que plus tard on vous reconnaîtra ce qu'on souhaite vous refuser aujourd'hui. Même, si j'ai quelques forces encore au service du roi et quelque influence sur son esprit, je les emploierai à faire échouer alors les revendications que vous présenterez. Tel est mon devoir. Il s'agit de savoir s'il entre dans vos intérêts d'accepter tout de suite ce qu'on vous offre, ou d'attendre pour obtenir davantage en courant les risques propres à toute remise. Vous êtes malade, monsieur l'amiral. Si vous disparaissiez, qui pourrait avec succès reprendre votre tâche, qui aurait la ténacité, l'invention, le prestige qu'il faut pour mener à son terme une campagne aussi rude que la vôtre?

L'amiral montra le blanc de ses yeux.

– Personne, dit-il brièvement.

J'avais touché juste.

– Ne serait-il pas sage, dès lors, de fixer un premier état de choses qui assure à votre parti l'existence, qui donne une base définitive et solide à ce qui est actuellement flottant et contesté? Sur ce terrain ferme vos compagnons pourraient attendre que la santé vous revienne, ou vos successeurs qu'un nouveau chef surgisse. Mais supposez que vous disparaissiez, monsieur l'amiral, et que rien ne soit conclu ni signé, imaginez le désarroi dans vos rangs, le triomphe, le renouveau de rigueur du côté du roi, enfin le prompt écroulement de tout ce que vous avez construit et la dispersion irrémédiable de ceux qui vous y ont aidé. Hésiter ne paraît pas possible dans votre situation. D'un côté une certitude, à sanctionner par vous-même – de l'autre des possibilités vagues dans un demain qui risque de n'être pas le vôtre et de n'arriver dès lors jamais. Je vous conjure, monsieur l'amiral, de prendre ce qui passe à votre portée, de considérer que là est votre intérêt véritable, et non ailleurs.

L'amiral me dévisageait curieusement.

– Vous plaidez ma cause, monsieur !

– Certes, répondis-je, en ce moment je pense, je parle, je juge comme un des vôtres. Je ne vous conseillerais pas autrement si j'appartenais à votre parti.

Et véritablement, emporté par mon discours, je sentais en huguenot. Je me substituais à l'amiral pour supputer ses avantages, ceux-ci m'apparaissaient si clairement que j'en venais à souhaiter qu'il les acceptât, non pour le plaisir du roi mais pour le bien des réformés, qui me sautait aux yeux. J'ai toujours procédé ainsi. Il m'est aisé de mouvoir mes sentiments de l'un ou de l'autre côté. Je me tourne vers l'autre parti, je me façonne selon sa condition, je me moule sur sa destinée, et vivant à sa place, je me mets à éprouver ses biens et ses maux. Dès lors j'ai moins souci de lui imposer ma façon de voir que de le convaincre d'adopter celle que j'estime la meilleure pour lui – et qui toujours s'accorde avec les intérêts de ma cause.

Sans doute aurais-je de cette façon remporté un nouveau succès à Saint-Etienne, si monsieur de Coligny ne s'était rétabli le lendemain de notre arrivée. Cette guérison fut soudaine au point de faire croire à quelque volonté du destin. Il fallait qu'il y eût encore des querelles, des transactions, en août une paix à Saint-Germain, et deux ans plus tard une Saint-Barthélemy. Nous revînmes à Paris, monsieur de Biron et moi-même, sans plus de résultat que je n'avais compté en obtenir lorsque nous étions partis.

III

Il était devenu clair à mes yeux que sans la liberté du culte, aucune entente n'était possible avec les huguenots. J'entrepris immédiatement d'en convaincre ceux qui nous gouvernaient. On peut se demander quel était mon propos. Souhaitais-je le bien de la France, et voulais-je que se réalisât ce que j'estimais propre à y conduire ? M'étais-je, par malheur, laissé prendre aux discours que j'avais entendus dans le camp des réformés ? Ou poursuivais-je seulement cette mission d'informateur qui doublait celle d'ambassadeur que le roi m'avait confiée ?

Aucune des trois hypothèses n'expliquait la passion que je mis à atteindre mon but. En réalité, je me trouvais déjà dans cette position suprême de l'arbitre qui, debout entre les deux partis, n'appartient plus ni à l'un ni à l'autre, mais joue son propre jeu par la volonté même de ceux qui l'ont désigné. Je ne pouvais pas plus me libérer de cette ambassade que le géomètre ne peut s'arracher au problème qu'il étudie et dont il voit poindre la solution. Mes épaules désormais portaient les poids réunis des deux partis de France, mon esprit était livré à cette immense responsabilité solitaire qui fait la gloire et le péril du négociateur.

Je dis à monsieur de Biron qu'il lui fallait annoncer au roi l'échec de notre tentative. Il s'y rendit en grand habit de cour. Pendant ce temps je me faisais annoncer chez la reine mère, qui me reçut.

Catherine de Médicis était imposante par la corpulence et la majesté du visage, mais extrêmement active de tempérament. Des vêtements larges corrigeaient ce que sa carrure avait de trop robuste et qui, d'ailleurs, s'atténuait par l'harmonie des proportions. Son trait saillant était, au moral, une grande force de persuasion qui la faisait propre à toute gestion d'intérêts, et particulièrement à celle des affaires de l'Etat. Elle avait une manière piquante de détacher les syllabes de certains mots qu'elle voulait enfoncer dans les esprits, et réussissait ainsi à convaincre sans arguments, par un simple martèlement verbal appuyé du flux de sa vitalité.

Son comportement était gouverné par le souci de ne jamais subir, de toujours imposer ou paraître imposer sa volonté. C'est ainsi que pour lui arracher une décision, il ne fallait pas lui en démontrer l'urgence mais la conduire à l'apercevoir d'elle-même, de façon qu'elle en prescrive l'exécution comme venant de son propre cru.

Elle savait déjà notre échec lorsque je pénétrai dans ses appartements. Je commençai par dire qu'elle faisait très bien d'admettre la liberté de conscience et de refuser la liberté de culte, que c'était la seule position raisonnable. Et véritablement, je le pensais, car la Réforme de l'Eglise fut beaucoup moins une question de rites que de convictions. On accordait aux réformés l'essentiel sans pour autant offenser les autres par des pratiques nouvelles. Enfin, il était peu habile de faire dès le début toutes les concessions. Il ne fallait donc pas nous laisser écarter de notre base de départ.

– Il n'en est pas-ques-tion, scanda la reine mère.

– Le droit des huguenots est d'ordre moral, affirmai-je. Monsieur de Coligny d'ailleurs, poursuivis-je mensongèrement, en tombe d'accord.

– Voyez-vous! dit Sa Majesté, toute satisfaite.

– Il ne s'inquiète que des difficultés dans l'application. Mais celles-là existent toujours, nul n'a jamais énoncé de principe qui s'adaptât sans ménagement aux nécessités de la pratique.

– Sans doute.

– Nous ne voyons pas mieux que lui comment se composeraient la permission de confesser une religion et la défense d'exercer le culte. Mais il ne s'agit que de trouver un compromis. C'est une affaire d'imagination.

Catherine de Médicis était imaginative, et faire appel à cette faculté chez elle permettait de la diriger aisément.

– Où d'abord commence un culte? hasardai-je. Au premier agenouillement, à la moindre prosternation?

– Nul ne peut empêcher un huguenot de prier dans sa chambre, affirma la reine mère avec vivacité.

– Assurément. Voilà une base ferme de départ. Même, si un ami ou plusieurs se trouvent chez lui en visite, et se joignent à son oraison, célèbrent-ils un culte?

– Ils créent une église, dit-elle non sans finesse. Mais le culte ne commence qu'avec les rites.

– Encore faut-il distinguer, poursuivis-je. S'ils prient à haute voix ou en lisant dans des livres, importe-t-il vraiment?

– Non.

– S'ils chantent au lieu de parler, si l'un d'eux expose tout haut ses pensées au lieu de les remuer tout bas? Et si dans cette chambre ils sont vingt au lieu de dix, trente au lieu de vingt, cessent-ils d'être en privé? A partir de quel nombre sont-ils en public? Cinquante, cent, deux cents?

– Ce serait une vaste chambre, qui recevrait deux cents personnes, objecta la souveraine.

– Ces gens possèdent de grands hôtels, Madame, ou s'ils n'ont pas de locaux ils en feront construire, qui leur appartiendront, où ils seront donc chez eux. Peut-on empêcher un huguenot d'ajouter une aile à sa maison?

Le visage de la reine mère n'exprimait rien. Elle s'enfermait dans sa hauteur tranquille.

– Vous n'arriverez pas, dit-elle enfin dédaigneusement, à tracer une ligne entre le culte privé et le culte public.

– Votre Majesté croit? demandai-je plein d'espoir.

– Cela crie à l'évidence. A quel nombre d'assistants vous arrêterez-vous? A quoi reconnaîtrez-vous un rite? Et dans cette absence de pompe qu'affectent les huguenots, comment irez-vous les convaincre d'avoir ou non exercé en public?

– En effet, dis-je, me repliant tout penaud.

Elle m'attaquait à présent.

– Comment, monsieur, comment reconnaîtrez-vous que leurs bâtiments seront ou non publics? De quel droit interviendrez-vous dans une solennité qu'un particulier donnera chez lui, en ses propres dépendances? Répondez, monsieur, donnez une idée. Croyez-vous qu'il soit vraiment possible de contrôler le culte, d'y éviter la fraude à l'infini?

Je faisais figure d'accusé, et ne me tenais pas d'aise. Je continuai à feindre, avec l'air contrit de celui qui recule et abandonne ses positions.

– Je le croyais en venant ici, dis-je. Mais ma conviction change.

– Jamais il n'entra dans les intentions du roi de publier des interdictions inapplicables. Une défense de principe, oui. Mais des accommodements avec les besoins de la pratique.

– Par exemple, suggérai-je, limiter la tolérance en n'autorisant le culte qu'en certains endroits et chez certaines personnes?

– En l'interdisant partout, corrigea la reine mère, sauf en ces endroits et chez ces personnes-là.

– En certaines villes, certaines demeures...

– Ja-mais - à - Pa-ris, articula-t-elle.

C'est à ce moment-là que, me félicitant du tour aisé qu'avait pris la discussion et de l'extraordinaire facilité avec laquelle j'avais circonvenu la reine mère, je me rendis soudain compte que depuis le début elle était décidée à en venir où elle en venait. Je ne sais quelle intuition me le souffla, mais j'en éprouvai la certitude. Il eût été trop simple qu'une femme aussi impérieuse que Catherine de Médicis me laissât la conduire comme je venais de le faire. Elle avait su notre échec, et sur-le-champ pris une décision. Sans parler aux huguenots, sans les rencontrer, elle était parvenue aux mêmes conclusions que moi, et se résignait à la liberté du culte. Mais il importait que son caractère ni sa majesté ne souffrissent de ce recul, du revirement auquel elle se voyait contrainte. Et elle avait joué le jeu royal comme elle eût fait devant un parterre d'ambassadeurs. Rien ne lui était arraché, tout était accordé comme fruit de son dédain et de sa pensée dominatrice.

Beaucoup plus assuré dès lors, et comme chaque fois que je me trouve devant un être dont l'esprit m'apparaît supérieur, je poussai hardiment mes suggestions.

– Cette position libérale que vous adoptez, Madame, puisque sans être une concession elle en a cependant l'apparence, vous permettra de réclamer quelque contrepartie. Ainsi finalement vous obtiendrez un avantage en échange de quelque chose que vous n'aurez pas donné.

– Je compte certainement, répondit-elle, faire céder les huguenots sur l'un ou l'autre point avant de signer la paix.

– Les villes... murmurai-je.

– Précisément, les villes. Il faut qu'ils en perdent quelques-unes. C'est affaire de nombre, par conséquent matière à négociations.

– Huit, c'est beaucoup, soufflai-je.

– Vous en accorderez quatre. Il est vain, conclut-elle en se levant, de fonder sa politique sur une intransigeance de fait. La rigueur doit viser les principes, non les mesures. Il faut que sous le signe d'un article de foi les citoyens puissent accomplir des actes qui l'enfreignent, pourvu que dans leur esprit l'article demeure. Tout est de souplesse et d'imprécision dans le métier de conduire les hommes. Les idées claires ne font pas le bonheur d'un peuple. Le roi ne cédera aucune des positions qu'il a prises. Le culte réformé sera toléré en quelques régions de France. Pour autant, les huguenots devront renoncer à plusieurs places qu'ils revendiquent. Mais le culte réformé n'est pas libre, et sur ce point nous ne fléchirons pas.

Ayant ainsi pris à son compte, par une récapitulation, ce que je venais de lui faire entendre en détail, elle me donna congé. Je me retirai, emportant comme chaque fois que je vins en présence de Catherine de Médecis, une admiration étonnée pour cette femme, qui eût fait un excellent diplomate si elle n'eût été un grand chef d'Etat.

IV

Dans le même temps, monsieur de Biron quittait les appartements du roi. Charles IX avait frappé du poing sur la table, tourné en tous sens un visage boursouflé de ressentiment envers l'amiral, enfin déclaré que les négociations étaient rompues. Monsieur de Biron proclama en sortant, à qui voulut l'entendre, que des pourparlers il n'était plus question. Ils reprirent deux jours après.

Ce ne fut pas sans querelle, toutefois, car le roi ne voulait pas se déjuger si vite. Il s'agissait de trouver une formule qui permît de négocier, tout en paraissant n'en rien faire. Je suggérai que monsieur de Biron, aux yeux de tous le chef de l'ambassade, demeurât ostensiblement à Paris tandis que je me rendrais auprès de l'amiral en secret. Ce fut alors monsieur de Biron qui se cabra. Mais je lui représentai l'utilité qu'il y aurait à ce que pendant mon absence, il menât grand train, se montrât, paradât, tournoyât, virevoltât, multipliât son appareil et son équipage, de façon que l'interruption des pourparlers fût évidente pour chacun. Ce programme rencontrait si bien ses goûts que l'opportunité de ma mission lui devint beaucoup plus évidente, et il se mit en mesure de remplir le rôle qui lui était assigné.

Je disparus de la cour, et l'effacement est en moi chose si naturelle que nul ne remarqua mon départ. Je retrouvai monsieur de Coligny, tout noir de barbe et de vêtements, plus sévère encore d'avoir recouvré la santé. On me chargeait de lui faire entendre que le culte réformé demeurait irrévocablement interdit, mais qu'on acceptait que beaucoup de choses se passassent comme s'il ne l'était point.

– Monsieur l'Amiral, dis-je tout de go, je crois savoir que sur un point vous ne transigerez pas, et c'est que le culte réformé doit être libre.

L'amiral fit rouler deux fois le blanc de ses yeux.

– Ce principe est de base, dit-il. A partir de là je puis discuter, je ne reculerai pas en deçà.

– Il s'agit d'un principe, répondis-je, d'une position sentimentale, passionnée, à laquelle vous attachez une valeur de symbole.

– Précisément, monsieur. Et vous n'ignorez pas que sur de tels articles un chef ne peut composer, qu'il ne perde l'estime de tous.

– J'entends, poursuivis-je, que pour autant

que vous soit reconnue cette satisfaction d'esprit, vous consentirez à traiter de divers accommodements avec la pratique? A l'ombre de ce fanion que vous tiendrez levé haut, vous accepteriez de rompre de quelques pas?

Un nouvel éclair blanc m'avertit que l'amiral rentrait en lui-même, se mettait sur ses gardes, allait formuler peut-être une restriction qui l'engagerait irrévocablement. Je me hâtai de parler encore.

– Votre entourage, murmurai-je, professe, je l'avoue, une intransigeance rigide, mais...

Cette corde vibrait bien chez l'amiral. On le gouvernait aisément en jouant sur son orgueil et le dédain où il tenait ses collaborateurs.

– Seul le chef, dit-il en se redressant, peut se permettre de composer. Assurément il ne saurait y avoir d'entente, les principes une fois saufs, sans concessions réciproques.

– Le roi qui m'envoie, dis-je en respirant, pense de même.

– Vous m'en voyez fort aise. Je suis de Sa Majesté le très fidèle serviteur.

Je ne sais pourquoi il se complut toujours dans des protestations de loyalisme envers ce monarque dont il pillait les provinces et rançonnait les sujets. Il n'y mettait aucune bassesse, ni fausse vertu. Les sourcils obliques, la barbe pointée, il laissait paraître au contraire moins d'humilité que de hauteur, et on eût dit qu'il se plaisait à s'incliner devant le prince dans le même temps qu'il le jugeait et le bravait. J'ai souvent reconnu chez les hommes de race un certain art d'appuyer par le contraste l'expression de leur pensée : disant courtoisement les pires impertinences, donnant amicalement les ordres les plus impérieux, affirmant avec respect leur complète indépendance et leur volonté.

– Sa Majesté, continuai-je, souhaite que le culte soit interdit en certaines régions...

– Il sera libre en tous lieux, tonna l'amiral – sauf en ceux-là que le roi suggère et dont nous conviendrons.

– Voilà précisément la formule convenable, dis-je. Tout se réduit à un partage de territoire.

– Non. A des restrictions territoriales auxquelles je consentirai.

– Il suffira que le roi précise les lieux où il ne désire pas que le culte s'installe.

– Que je désigne ceux d'où je ne tolérerais pas qu'il soit absent.

– Paris, évidemment... murmurai-je.

– La Rochelle, Montauban... commença l'amiral.

J'avais hâte de prendre congé, sur ces paroles de monsieur de Coligny par lesquelles j'estimais avoir atteint mon but. Je me levai. Il renouvela ses protestations de loyauté.

– Assurez Sa Majesté de toute ma déférence.

Je lui souhaite bonne santé, succès dans ses armes. Mes forces sont à son service, puissé-je trouver l'occasion de lui prouver mon dévouement. Certaines régions, si elle le désire, ne verront pas s'établir le culte réformé. Mais le culte réformé est libre, sur ce point nous ne fléchirons pas.

Nous parlâmes encore des villes, puis je me retirai, déclarant que le roi serait satisfait et laissant l'amiral comblé d'aise.

C'est ainsi que je mis d'accord ces deux puissances, aux premiers mois de l'année 1570, sur des positions de principe exactement opposées mais qui postulaient dans leur application des mesures identiques. C'était affaire de souveraineté. Chaque partie conservait sa prétention intacte, et néanmoins on allait traiter. Cela était possible, pour autant que les idées fussent laissées en repos, que ne fussent plus mises en discussion que les réalisations matérielles. Aussi bien laissai-je croire jusqu'au bout, tant à la reine mère qu'à monsieur de Coligny, que leur doctrine propre avait été admise, reconnue par l'adversaire. Sous le signe de cette conviction qui sauvait leur dignité, ils s'entendirent sans peine sur ce qui pratiquement faisait l'objet de leur querelle. D'un côté on voulait une France catholique à demi huguenote, de l'autre une France huguenote à demi catholique. Comment sur le fond ne se serait-on pas accordé, pourvu que la forme fût laissée hors de cause?

Elle le fut et le demeura, chaque parti ayant trop souci de conserver sa victoire morale pour la remettre en question. Les villes, les régions furent pendant des mois l'objet d'incessants échanges, d'un va-et-vient haletant. Lorsque, enfin, elles se furent distribuées sur la carte, chacune en la couleur religieuse qui lui convenait, la situation de fait avait si bien imposé son empire, tant de fatigue s'était coulée aux jointures des volontés et des orgueils, qu'on rédigea un texte qui n'intéressait plus personne. Chacun ne désirait qu'en finir, puisque aussi bien une situation d'équilibre était acquise. Les termes dont on qualifiait cette situation n'importaient plus.

Lorsque je quittai l'amiral de Coligny, la paix était donc virtuellement faite. Elle est ainsi mon œuvre et le résultat pur de mes seules élaborations. Je l'ai pensée et souhaitée, en cette nuit dont j'ai parlé plus haut, j'en ai conduit l'essentiel acheminement au gré de ma convenance. L'histoire sans doute ne me reconnaîtra pas le mérite de cette œuvre subtile. Il fallait que je restasse dans l'ombre, qu'on ne sût pas que je négociais, de façon que les résultats ne dussent pas être proclamés. J'en ai dit cependant assez de mon caractère pour qu'il apparaisse que peu m'importe : il me suffit d'avoir pendant ces quelques journées tenu les fils qui bridaient les destinées d'un peuple, au bout desquels dansaient les personnages les plus puissants du monde – ce qui est un plaisir de dieu.

V

Je tombai dans une grande indifférence au sujet de toute cette affaire, lorsque les négociations reprirent sur la base équivoque dont j'ai parlé. J'accompagnais monsieur de Biron en ses déplacements, n'ayant pour objet que d'éviter, au cours des conversations, le retour aux positions de principe, je veillais à étouffer toute allusion qui pouvait y être faite et à maintenir les entretiens dans le cadre positif des concessions territoriales.

Les pourparlers de ce genre traversent toujours en leurs débuts une phase de grande confusion. Les jeux étant loin d'être faits, chaque parti s'efforce d'obtenir beaucoup, et demande au-delà de ce qui est raisonnable en songeant aux reculs futurs. Des prétentions diverses voient le jour, qui n'ont d'objet que de sonder les susceptibilités de l'adversaire. Ce n'est qu'au bout d'un temps, lorsque se sont dégagées les lignes maîtresses des volontés en présence, que s'ouvre une phase plus claire, et beaucoup plus délicate où se jouera le sort de la patrie. Chacun ayant donné ce qu'il était d'avance résigné à perdre, refusé ce qu'il avait pour mission de n'accepter à aucun prix, le problème flottant et marginal se pose, des attributions indécises qu'il s'agira de partager. C'est l'instant qui convient au joueur de race. J'attendais cet instant.

Pour monsieur de Biron, il donna dans cette période sa pleine mesure. Jamais homme petit n'occupa tant de volume, jamais infirme de la jambe ne couvrit tant d'espace. Châlons, Pont-Saint-Esprit, Autun retentirent du bruit de son épée. Paris suivit le cours des entretiens par le fracas de ses équipages. Les huguenots demandaient huit places fortes, ils exigeaient le double, on en accordait six, on voulait en donner quatre : les nouvelles les plus changeantes étaient annoncées à chaque retour de la délégation. On en disputait dans les milieux de la cour et en conseil du roi. On avait tort, car il allait de soi que ces dispositions étaient temporaires, et tomberaient pour faire place à d'autres.

Vers le milieu de l'été, la situation mûrit. Il devint apparent que quatre places fortes devraient être laissées aux huguenots, et malgré les appréhensions de certains on s'y résigna.

Restait à trancher lesquelles. Autour de cinq ou six noms se noua la phase aiguë de cette discussion. Comme si les deux partis avaient senti le tour décisif que prenaient les pourparlers, et voulu en marquer la solennité, on changea de cadre et une délégation de huguenots vint achever les débats au château de Saint-Germain.

Mes souvenirs les plus vivaces de 1570 demeurent liés à cette royale résidence, si belle, si riante dans sa pierre grise et ses briques roses dont le roi François Ier ramena le goût d'Italie. Du fond du parc je revois sa façade aux balustres gracieux, et l'angle unique, très ingénieux, qui en prolonge la perspective en lui donnant un style. Les bords de la haute vallée, par là, dominent la Seine, et la forêt de Laye pousse contre le château ses obscures avancées. Eté de 1570, vous étiez beau de ciel et de lumière lorsque je discutais derrière ces balustres, lorsque je marchais et devisais dans ce site avec les personnages dont je vais parler maintenant. Les courses que j'y ai faites par la suite n'ont plus marqué de la même façon, de sorte qu'en ma mémoire la façade du château n'existe que baignée de soleil, la forêt ne détache le feuillage de ses hauts charmes que sur un ciel bleu et chaud. J'ignore, j'ignorerai toujours le Saint-Germain d'automne et d'hiver. J'ajoute que ce décor somptueux n'a de sens que par les silhouettes que j'y retrouve. Deux hommes de grande mine occupent mon souvenir, vêtus de noir, fortement dessinés et brossés, à la manière des portraits que peignent les artistes flamands. Mais sans doute suis-je enchaîné, conduit et reconduit au jardin et au château suivant toutes les allées de ma mémoire, par l'image de femme qui s'y glissa, dont la robe passa en couleurs vives sur quelques journées, balaya quelques feuilles et disparut sans retour.

Il m'apparut bientôt que, dans la délégation huguenote, ceux-là qui feraient le travail ne seraient pas ceux qui recevaient les honneurs. Le métier diplomatique offre de nombreux exemples d'un tel partage, exige d'une part certains prestiges d'extérieur, d'éloquence, d'autre part un esprit d'habileté, de finesse retorse. Tous ne possèdent pas à la fois l'une et l'autre de ces vertus. De là, deux catégories de personnes qui composent souvent les ambassades. Ceux qui présentent et ceux qui agissent. Les uns paradent, discourent, les autres discutent à l'écart le fond du problème, et tranchent les compromis. Le peu d'estime que monsieur de Coligny portait à ses proches avait dû l'inciter à organiser de la sorte sa délégation. Aussi, tandis que les têtes rencontraient le roi, la reine mère ou le cardinal de Lorraine, prîmes-nous l'habitude de nous réunir avec deux gentilshommes, hauts secrétaires de leurs maîtres, qui tenaient en leurs mains les fils solides et l'avenir de la négociation. Monsieur de Biron siégeait avec nous, mais ne supportait pas pour autant de manquer aux séances des élites. Il passait de notre cercle à celui du roi, revenait, portait les nouvelles, montant et descendant entre le bas et le haut lieu comme s'il eût eu des ailes aux pieds. Ainsi cet homme extraordinaire tenait à la fois de Mars, de Vulcain et de Mercure.

Monsieur d'Ublé avait le visage rouge et poupin, le nez relevé, les yeux saillants et atones. Quelques cheveux blancs barraient encore la surface de son crâne, mais il était presque chauve. Au premier abord, vous le jugiez sévère : son regard sans expression et certaine petite bouche ronde faisaient croire à un personnage enfermé, distant, hautain même. Son comportement suggérait l'omniscience, on imaginait volontiers qu'il avait beaucoup lu, beaucoup réfléchi et découvert les problèmes humains sous des angles nouveaux. Cependant on découvrait bientôt que son expression la plus fréquente était goguenarde. Son visage, figé par la nature, s'animait et s'enluminait constamment sous l'effet de son humeur. Il ne disait pas un mot sans en mimer le contenu. On le voyait gonfler les joues, avancer les lèvres, sortir davantage ses yeux déjà exorbités, pour signifier la colère, la réprobation ou simplement la conviction de ses pensées. Il haussait les sourcils, levait la tête, abaissait les coins des lèvres, et vous découvriez, vous écoutant, l'image même de l'attention incrédule. A certaines paroles toutes les rides de son visage – elles étaient innombrables – subitement se creusaient, et un rire spasmodique de vieille femme le secouait. Quelque chose de truculent apparaissait à ces moments-là dans sa physionomie – et de fait il usait d'un langage assez vert. Puis tout à coup son visage se fermait, du doigt il faisait signe que non – et vous saviez que la limite était atteinte au-delà de laquelle sa tolérance ne vous accompagnait plus. Sous ses yeux globuleux sa bouche faisait un troisième point, et ce trigone magnétique semblait rayonner sa volonté vers un pôle que localisait à bout de bras son index négateur. Enfin ses traits se détendaient et il reprenait sa manière habituelle : demi-sourire, gestes ronds et quelque chose de liant dans la bonhomie, qui n'engageait pas son opinion et lui permettait de ne jamais perdre la face.

Je me dis, lorsque je le rencontrai, que si ces mimiques laissaient intérieurement son âme maîtresse d'elle-même, ou si elle s'en faisait l'agent conscient, les maniant pour ses fins mais ne les éprouvant pas, il devait être un remarquable négociateur.

Monsieur de Mélynes avait encore les cheveux noirs, bouclés même. Plus jeune que monsieur d'Ublé, il conduisait néanmoins la délégation. C'était un homme d'extérieur sombre. Ses yeux petits et enfoncés brillaient d'intelligence, mais on ne s'en apercevait pas tout d'abord. Ses lèvres étaient ourlées et sinueuses. Sa figure subissait l'empire d'un nez ambitieux, long, arqué, qui en gouvernait l'équilibre. Elle s'en trouvait entraînée vers le bas, et réfléchir la tête penchée était l'attitude usuelle de monsieur de Mélynes. S'il parlait, il relevait le visage un peu plus qu'il n'eût fallu, comme pour rejeter en arrière la gravité de ce porte-à-faux – peut-être aussi pour tourner certaine difficulté qu'il éprouvait à lever les paupières. Il pointait alors du nez dans le vide, flairait, reniflait, semblait chercher les courants de sympathie en même temps qu'il affirmait par l'occupation de tant d'espace la valeur de ses opinions. Puis soudain, à l'énoncé non de ce que vous pouviez dire mais de ce qu'il allait dire lui-même, et qui d'aventure lui paraissait plaisant, il souriait. Vous découvriez alors à cette figure maussade un charme surprenant : ses dents étaient blanches, alignées comme des perles, son regard devenait malicieux, tous ses traits étaient transformés, attendris, par la disparition des plis verticaux et amers qu'offrait sa bouche fermée. Vous pensiez, comme je fis, qu'il y avait là un être au moins double, et le contraste de ses deux personnages, si dissemblables, faisait imaginer qu'il en cachait une gamme d'autres, intermédiaires, avec lesquels il allait falloir compter.

VI

On nous avait réservé une chambre à l'extré-
mité du premier étage, près du vieux donjon.
C'est là que pendant ces journées de juillet, nous
tînmes nos assises. De l'autre côté de la table je
voyais les deux seigneurs huguenots, tout de
noir vêtus, hors la tache blanche de leur col. Ils
se présentaient si fermés, si complémentaires
dans leur différence qu'on eût dit d'un bloc,
d'un rempart dans lequel je me demandais comment il me serait possible de faire brèche. A côté
de moi monsieur de Biron vibrait, impatient
d'agir, selon son caractère, pareil à une marmite
dont le couvercle contient avec peine la
vapeur.

Le seul espoir que j'eusse, en ces commence-
ments, était de réduire le nombre de villes à
céder. On tournait autour de quatre, mais les
noms n'avaient pas été prononcés. Peut-être
l'heure des précisions étant venue, pourrais-je
jouer sur les préférences des huguenots, et les

amener à transiger sur la quantité au profit de la qualité. Il s'agissait de découvrir quelle place leur importait le plus, de la refuser farouchement et de ne l'abandonner qu'en dernière heure contre une renonciation à la quatrième ville.

S'il n'est pas d'usage en d'aussi petits comités de désigner un président, cependant il est utile que l'un des membres dirige la discussion. Je proposai monsieur de Biron pour cet office. Le regard de monsieur d'Ublé fut de verre sous un haussement de sourcils, celui de monsieur de Mélynes fulgura de part et d'autre d'une ride scrutatrice. Le résultat de leur soupèsement fut un assentiment muet. Je connaissais assez mon collègue et ami pour le conduire sans peine, et j'aimais mieux agir indirectement sur les débats qu'en assumer la présidence. Au demeurant il n'était pas certain que ma direction eût été acceptée. Les raisons qui firent accueillir celle de monsieur de Biron procèdent de l'opinion qu'au premier aspect nos hôtes se firent de lui. Pour sa part, il ne se tenait pas d'aise, de sorte que tout le monde était content.

La présidence ne fut pas plus tôt établie que j'éprouvai le besoin d'orienter moi-même les débats.

– A propos de ces « trois ou quatre » villes... murmurai-je négligemment, tapotant des doigts sur la table.

– Oui, à propos de ces « quatre » villes... enchaîna monsieur d'Ublé d'une voix de satin, ouvrant des yeux ronds et attentifs de hibou.

– A propos de ces « quatre ou trois » villes... trancha lourdement monsieur de Biron.

La réaction de monsieur de Mélynes fut immédiate.

– Vous mettez leur nombre en doute ? interrogea-t-il, levant le nez à une hauteur qui commandait la prudence.

Je sus bientôt, selon l'angle dont il redressait cet organe combatif, l'importance qu'il accordait aux questions. Cela me servit, comme à ces bretteurs qui prévoient la botte de l'adversaire d'après la position de ses pieds.

Je ne souhaitais pas que la question du nombre fût évoquée explicitement. Au point où les conversations antérieures nous avaient conduits, il eût fallu reconnaître que ce nombre était quatre. La chose eût été actée, sans retour possible. Je me hâtai de prévenir la réponse de monsieur de Biron.

– Non, non, dis-je, monsieur de Biron ne met pas en doute le nombre de villes. Monsieur de Biron ne parlait pas du nombre, mais des villes elles-mêmes. Le nombre lui importe peu. Il s'est exprimé de façon à faire sentir que ce nombre lui était indifférent, le variant à dessein. Il eût dit aussi bien : « Ces quatre ou six ou vingt ou cent villes... » pour montrer par l'invraisemblance même des chiffres, qu'ils ne sont plus en cause. Son vœu de président est que nous nous limitions à un objet précis : la liste des places de sûreté, leur importance respective, leur valeur stratégique, leur nuance confessionnelle et les raisons que nous avons, les uns et les autres, d'y tenir. Toute considération numérique entraverait notre liberté de recherche dans ce champ : on ne peut courir deux gibiers à la fois.

Cette mise au point fut admise, avec la méthode qu'elle proposait. L'art diplomatique s'accommode volontiers de reporter à plus tard une question épineuse. Messieurs de Mélynes et d'Ublé étaient de trop bonne souche pour ne pas souscrire à cette règle du jeu. Et monsieur de Biron se tut, étonné d'apprendre tout ce qu'un président peut vouloir dire en si peu de mots.

Deux villes étaient acquises d'avance aux huguenots. Montauban et La Rochelle, bastions fidèles de leur camp, symboles de leur résistance, ne pouvaient leur échapper. Les disputer eût été vaine prétention et perte de temps. Ils les réclamèrent dès l'abord, comme pour faire place nette aux litiges véritables.

– Vous comprendrez sans peine, commença monsieur de Mélynes, le nez très bas, que Montauban et La Rochelle...

– Montauban et La Rochelle...! fis-je, me composant un visage dubitatif. Ce sont deux villes très importantes.

– Deux villes auxquelles nous attachons une extrême importance, précisa monsieur d'Ublé du bout de sa bouche ronde.

– Je dois vous avertir, poursuivit monsieur de Mélynes, que toute prétention de votre part sur ces deux places se heurterait de notre côté à une intransigeance absolue.

– Je puis vous avouer, répondis-je avec un sourire aimable, que les instructions du roi nous recommandent à leur endroit une grande libéralité. Sa Majesté se doute que vous ne pouvez renoncer à La Rochelle et à Montauban, que c'est sur les autres villes que vous composerez...

Monsieur d'Ublé regarda le plafond. Je remarquai bientôt qu'il en était ainsi chaque fois que son collègue accusait une atteinte au cours de notre escrime verbale. Monsieur de Mélynes au contraire, s'il estimait qu'une maladresse avait été commise, glissait à son partenaire un regard en coin – ce que les yeux fixes de Monsieur d'Ublé semblaient incapables de faire.

Cependant je sentais sur ma gauche monsieur de Biron se cabrer, à l'annonce de cette instruction de Charles IX qui n'était qu'invention de ma part. Pour prévenir tout esclandre du fougueux batailleur, je m'empressai de lui passer la parole.

– Monsieur de Biron, dis-je, qui jouit de la

confiance du roi, vous dira lui-même que Sa Majesté n'est qu'indulgence et libéralité.

Tout rouge et partagé entre le plaisir de l'éloge, le respect de la vérité et le souci du loyalisme, mon voisin fit entendre quelques grognements et reniflements.

– Assurément, le roi, dit-il, règne par la bienveillance et la largesse.

– Le roi de France, appuyai-je, ne s'enferme pas en des raisons à ce point rigides qu'elles cesseraient d'être humaines.

– Sa Majesté, reconnut le baron, a le plus haut désir de justice.

– Elle ne saurait vouloir que soit enlevé à quiconque ce qui d'évidence lui revient. Elle ne met en œuvre l'appareil de sa puissance que pour reconquérir ce qui d'aventure serait indûment détenu.

Monsieur de Biron dut encore une fois reconnaître que le roi ne pouvait enfreindre une loi morale aussi formelle. Sans le laisser poursuivre je conclus, à l'adresse de nos antagonistes :

– Une pareille doctrine est constante chez Sa Majesté, implicite en somme, valable toujours même si elle n'a pas été formulée, de sorte que le roi n'aurait-il rien dit de Montauban et La Rochelle, nous devrions admettre qu'il souhaite vous les laisser.

La logique de cette conclusion parut prendre

monsieur de Biron au dépourvu. Il se sentit tourné, et demeura coi.

L'ayant ainsi conduit à penser que le roi pensait comme je pensais, ayant fait cadeau aux réformés de deux villes qui leur appartenaient et leur ayant soustrait l'aveu tacite que sur les autres ils allaient transiger – ce qui donnait une valeur d'échange à quelque chose qui n'avait pas été échangé – je guidai nos propos vers le sujet des autres villes. Il n'en restait que deux – au plus – à choisir, et la contestation devenait serrée.

– Nous devrions, commençai-je prudemment, parcourir la liste des places que vous avez eues ou possédez encore.

Nos adversaires opinèrent sur ce point. Leur réserve était grande en ces débuts de conférence. Ils nous laissaient venir. C'est une tactique familière à quiconque fait métier de conduire des débats. Elle est souvent commode lorsque s'amorcent des questions difficiles. En l'espèce, l'attitude des huguenots n'était point maladroite : ils apprenaient à nous connaître en nous laissant attaquer, et se masquaient en restant sur la défensive. J'étais sûr que cette réserve ne durerait pas toujours.

– Vous avez eu, poursuivis-je d'une voix neutre, Millau, Castres...

Je commençais par les plus modestes.

– De bonnes villes, de très bonnes villes,

appuya mon collègue militaire, avec tant de zèle qu'on ne comprenait pas qu'il insistât pour faire accepter par d'autres d'aussi fameuses enceintes.

– Millau, Castres... répéta monsieur d'Ublé en faisant la moue et ridant son front de mille plis.

Puis il changea brusquement sa mimique, fronça les sourcils, secoua la tête et dit confidentiellement :

– Ce ne sont pas vraiment de très bonnes villes.

On aurait dit que c'était nous qui les demandions, et qu'il nous conseillait, en ami loyal, prudent, mais désintéressé : « Croyez-moi, ne prenez pas cela, vous vous en trouverez mal. »

– Ne les estimez-vous pas ? demandai-je aussitôt. Les reniez-vous ? Les ayant possédées, croyez-vous qu'elles ne tiennent pas à vous revenir ? Ou les rejetez-vous du sein de l'Eglise réformée ? On vous les offrirait sans contrepartie, les refuseriez-vous ?

C'est ici que j'observai le regard oblique de monsieur de Mélynes. Il baissait la tête et dirigeait vers son collègue non pas une œillade vive ou malicieuse ou irritée, qui eût relevé la maladresse, mais un œil subitement lourd, éteint, chargé de mépris pesant et excédé. « Comment peut-on être balourd à ce point ! » Monsieur de

Mélynes, cela criait à l'évidence, n'avait pas le caractère facile.

Mais cet éclair ne durait pas, l'humeur à peine entrevue retournait dans ses profondeurs et monsieur de Mélynes passait à l'attaque.

– Monsieur d'Ublé n'a pas voulu dire cela, affirma-t-il à son tour. Je pense que sa réflexion visait la position géographique des deux villes. Je ne crois pas m'aventurer en disant que dans son esprit elles se trouvent un peu proches l'une de l'autre, et de Montauban. Vous comprendrez que la religion réformée ne peut prendre tous ses appuis dans la même région. Cela reviendrait à n'en avoir qu'un seul. Une répartition est nécessaire, pense monsieur d'Ublé, une distribution territoriale s'impose, estime-t-il, un élargissement du dispositif doit être fait, qui en assure l'équilibre.

Le joli sourire de perles avait reparu sur les lèvres de monsieur de Mélynes, à la dernière phrase. Sans doute se rendait-il compte que tant de précision dans l'interprétation de la pensée de son collègue nous laisserait sceptiques. Son intervention était un exercice de pure forme, destinée à masquer un raccommodage dont il n'était pas question que nous fussions dupes. Je soupçonnai même qu'il trouvait un plaisir impertinent à laisser voir ainsi les ficelles de son métier.

55

Quant à monsieur d'Ublé, il joua le jeu de l'équipe, fit ce sourire de vieille femme qui lui descendait les coins de la bouche, agita les mains en gestes ondoyants et enchaîna :

– Mais oui, mais oui... Voilà ce que je voulais dire. L'un s'exprime comme ceci, l'autre comme cela... Répartition, distribution, équilibre... Mon noble ami sait le fond de ma pensée.

Il échappait ainsi, par une mimique appuyée, à la confusion de l'erreur commise, tout en conservant l'assurance de la parole. A monsieur de Mélynes revenait maintenant le soin de proposer ces autres villes, si bien réparties, qu'il préconisait. Mais il ne s'y montrait pas disposé. Je ne souhaitais pas davantage le faire. Nous touchions au point critique de la négociation, et chacun préférait laisser l'autre l'aborder. Monsieur de Mélynes souhaitait que soient citées par nous les places importantes qui restaient en jeu, de façon que nous ayons l'air de les offrir et qu'il ne lui restât qu'à les accepter. De mon côté je tenais à les lui laisser nommer, pour trouver exagérées ses prétentions et en tirer avantage dans le débat. Tel est l'inconvénient de la méthode « laisser venir » : si tous deux l'adoptent, on n'aboutit à rien.

Je reconnus l'adresse des huguenots, qui avaient abandonné à monsieur de Biron la direction de l'entretien. Sa prérogative le contraignit à prendre l'initiative que nous déclinions de part et d'autre. D'ailleurs l'argument d'équilibre et d'élargissement du dispositif l'avait séduit par son aspect stratégique. Il ne put s'en cacher. Son caractère ne le conduisait pas à s'exprimer par allusions.

– Dans le sud, Montauban, dit-il d'un ton bref, dans l'ouest La Rochelle appuyée à la mer. Dans le centre, je ne vois que Sancerre et Angoulême.

Le timbre de sa voix changeait, tandis qu'il faisait ce bref exposé militaire, ainsi que je l'ai observé souvent chez ceux que les circonstances amènent à parler de choses de leur métier.

Pour moi, cette chute plate dans le silence des deux noms que chacun de nous portait en soi depuis le début, cette exhibition crue de l'objet aigu de nos pourparlers me fit mal – tant il est vrai que nous autres, diplomates, nous avons pour domaine le vague, l'informulé, milieu naturel de nos pensées ondoyantes, et que nous souffrons lorsque à l'heure du traité il nous faut passer dans la prison terminale des mots. Nous sommes des poètes.

Angoulême et Sancerre étaient des enjeux de choix, l'une pour son importance propre, l'autre pour sa position naturellement fortifiée. Les huguenots y attachaient autant de prix que nous, et nous savions que sans doute il faudrait les leur céder. Mais mon vif plaisir fut toujours de solliciter les positions les plus absolues pour tenter de leur faire rendre quelque concession, pour en extraire fût-ce l'ombre d'un retour à mon avantage. Là même où des conventions formelles ont été passées, où des conclusions décisives ont été atteintes, il reste que derrière ces conventions, ces conclusions, se trouvent des natures humaines, et que celles-ci n'ont pas de convictions si retranchées qu'on ne puisse les circonvenir. Selon toute prévision raisonnable, Sancerre et Angoulême nous échappaient. Restaient cependant les natures de messieurs d'Ublé et de Mélynes, dont l'étude discrète commençait ce jour-là. Il s'agissait de peser, non sur leur loyalisme, mais sur leur conception de ce qui servait ou desservait leur cause.

La réaction de nos adversaires fut celle qu'on pouvait attendre.

– Voilà, Sancerre... dit monsieur de Mélynes.

– Angoulême... dit monsieur d'Ublé.

– Ce ne sont pas les seules villes de la région... commençai-je.

– Je propose de nous en tenir à votre « offre », coupa monsieur de Mélynes poussant à fond son avantage.

– Prenons-la donc comme « base de discussion », concédai-je, limitant au mieux notre défaite.

Il ne me restait qu'à chercher si l'une des deux places avait la préférence des huguenots, pour la refuser obstinément, selon mon projet, et ne la céder qu'en dernière heure moyennant contrepartie.

Je proposai de les examiner séparément, ce qui fut accepté. J'entrepris ensuite de formuler des réserves d'abord sur l'une, ensuite sur l'autre, afin de découvrir laquelle serait le plus disputée.

– En demandant Angoulême, dis-je, c'est une province entière que vous réclamez. Nul n'ignore le rayonnement de cette cité à travers l'Angoumois. Vous la donner, c'est vous remettre un territoire, et finalement vous attribuer plusieurs villes en n'en citant qu'une seule. Irait-on ajouter Sancerre à une liste qui serait déjà trop longue?

– Il ne peut être question de sacrifier Sancerre, trancha monsieur de Mélynes, l'œil noir et mauvais.

– Demeurons pourtant, dis-je, dans l'esprit des conventions auxquelles nous avions abouti. S'il faut vous conserver Sancerre, choisissons une autre ville de l'Angoumois, qui réponde mieux à la notion de place et n'entraîne pas avec elle un fief entier.

Monsieur d'Ublé fit la moue, fronça les sourcils et se composa un visage de grande colère.

– Aucune convention, protesta-t-il, n'a été passée, excluant les capitales de provinces. Rien n'a été dit, et à bon droit, qui limite les avantages qu'entraînera la possession des villes cédées. Une place est une place. Il ne peut être question que nous renoncions à Angoulême.

– Admettez cependant, fis-je avec un sourire gracieux, que rien n'a été dit non plus concernant le choix des villes. Nous sommes ici pour en discuter, c'est-à-dire pour dénombrer et équilibrer les privilèges que chacune apporte. On ne saurait donc en imposer aucune tout d'abord, ni à plus forte raison deux.

– Nous ne faisons qu'accepter votre offre, dit monsieur de Mélynes d'un ton boudeur.

– Il s'agissait d'une base de discussion, fis-je observer. Elle ne peut être considérée comme irrévocable, ou le mot discussion n'aurait plus de sens.

Je me sentais embarrassé, et commençais à trouver très fine, quoique inusitée, la tactique de mes adversaires. Ils prenaient parti chacun pour une citadelle, se partageant les deux au lieu de réunir leurs forces sur une seule. Mon plan en était contrecarré, je ne rencontrais pas devant moi cette préférence manifeste dont je voulais tirer parti.

Je proposai alors de prendre ferme une des deux villes, et de mettre à l'étude le choix de celle qu'on y accouplerait.

– D'accord, dit monsieur de Mélynes, prenons Sancerre.

– D'accord, dit monsieur d'Ublé, prenons Angoulême.

Ils avaient parlé presque en même temps, et s'aperçurent bien qu'ils ne pouvaient en rester là. Monsieur de Mélynes fit un geste arrondi.

– Ou Angoulême, dit-il. Mais pour ma part j'estime que Sancerre, ville stratégique, convient mieux en la circonstance.

Monsieur d'Ublé gonfla les joues et prit un air soucieux.

– Ou Sancerre, dit-il à son tour. Mais j'avais pensé qu'Angoulême, plus importante et mieux assise, fournirait une meilleure base.

C'est ainsi que j'appris ce qui peut-être aurait dû me frapper dès le début. Loin de s'entendre, comme je le croyais, pour présenter une défense répartie de leurs positions, messieurs de Mélynes et d'Ublé n'étaient pas d'accord sur ce qu'il convenait de réclamer et d'obtenir. Dans le champ que leur avait laissé l'amiral de Coligny, chacun avait poussé de son côté, et ils étaient venus à Saint-Germain sans avoir pu résoudre leur différend. C'était monsieur d'Ublé que visait l'œil mauvais de monsieur de Mélynes quand celui-ci défendait Sancerre, et lorsque monsieur d'Ublé se fâchait pour Angoulême, c'était à son partenaire qu'il en avait.

A ma connaissance il n'est pas exceptionnel que de tels dissentiments surgissent dans une délégation. Ils offrent peu d'inconvénients lorsqu'un chef de mission existe, qui parle seul à la table du conseil. Il en va tout autrement dans de petits groupes comme était le nôtre, où chacun prend la parole à son gré, sans discipline d'intervention.

Ma découverte me parut si importante, que j'éprouvai le désir d'interrompre les débats. J'en fis la proposition, alléguant l'impasse où nous semblions aboutir. Mon plan devenait caduc, il me fallait en préparer un autre. Je l'eusse bien improvisé sur l'heure, j'avais maintes fois, en d'autres occasions, changé mes positions du tout au tout sans pour autant cesser de négocier. Mais il me paraissait urgent, devant ces nouvelles circonstances, de connaître mieux mes adversaires. Puisque notre séjour au château de Saint-Germain s'y prêtait, je souhaitai de prendre un ou deux jours de répit afin de converser et lier connaissance avec eux.

Au demeurant, ce que je rapporte ici est résumé et simplifié selon ce que me propose ma mémoire. Les débats furent, en réalité, beaucoup plus diffus, s'éparpillant autour de la ligne essentielle que j'en retrace. Nous y avions passé, depuis le matin, presque la journée entière. Si l'on excepte le temps d'un repas, quelques pauses et les interventions de monsieur de Biron, nous avions fourni, quand nous nous séparâmes, cinq ou six heures de travail soutenu.

VII

Il ne pouvait être question, dans ce château, que nous vivions en camps séparés, ne nous retrouvant qu'au moment d'entrer en lice. Les allées et venues multiples, les lieux forcément fréquentés, telle l'antichambre du roi, la présence nombreuse de la cour faisaient que huguenots et catholiques se mêlaient nécessairement, à tout le moins ne pouvaient éviter de se rencontrer. J'estimais ces conditions très favorables. S'il m'apparaissait qu'un petit groupe comme le nôtre permettait des travaux plus fructueux qu'une assemblée officielle, je n'en jugeais pas moins que des conversations dans un couloir ou dans une allée de jardin l'emportaient sur les plus étroits conciliabules. J'étais sûr, dans les jours suivants, de pouvoir aborder messieurs d'Ublé et de Mélynes. Il ne serait plus question de leur parler citadelles et places fortes. Dans cette phase intermédiaire des pourparlers qui s'ouvrait, il fallait chercher le contact humain, le commerce d'âmes par la parole et la compagnie. Je me répétais : « Malgré tout ce sont des hommes, des hommes, des hommes, sensibles par conséquent à ce qui est humain, et le sort des négociations huguenotes dépend de leurs sensibilités, comme dépend de la mienne celui des négociations royales. Les connaître, les faire parler d'eux, les amener à s'ouvrir. »

Le prétexte avoué de l'interruption était que nous consultions les hautes autorités qui nous employaient. J'ignore ce que dirent les huguenots à leurs maîtres. J'imagine qu'ils firent étalage de Montauban et de La Rochelle. Je vois monsieur de Mélynes disant, avec cette expression impertinente qui ne laissait jamais deviner s'il était sérieux ou narquois :

– Sur La Rochelle et Montauban je suis resté inflexible. Je n'ai pas reculé d'un pouce. Ils ont dû s'incliner.

Et les délégués huguenots d'envoyer à l'amiral des messages disant que les négociations commençaient bien, qu'ils avaient déjà deux villes et les plus importantes.

Pour moi, je ne voyais rien à dire à la reine mère. Monsieur de Biron se rendit à un conseil du roi. Il me rapporta, consterné, que le cardinal de Lorraine s'opposait à la cession des quatre villes.

– Nous y verrons, s'était-il écrié, nous y verrons un jour débarquer Elisabeth et les Anglais!

C'était bien le genre de parole que pouvait prononcer un grand de la terre, à qui n'incombait pas le soin de discuter les clauses matérielles d'un traité. Je m'enquis si la reine mère épousait les vues du cardinal. Apprenant que non, je m'en tins aux raisons de cette femme, seul génie politique de son temps.

Je rencontrai monsieur d'Ublé, seul à seul, dans l'après-midi du premier jour. Il était assis sur un banc du jardin, immobile, un peu voûté, les yeux fixés dans le vide, si noyé en lui-même qu'il ne m'entendit pas venir.

— Rouge et noir, pensai-je.

En effet son col blanc n'avait entre l'habit sombre et la figure pourprée que la valeur d'une tache de transition. Visiblement, c'était de la campagne que venait ce gentilhomme. J'avais observé, à la table de nos débats, ses mains épaisses, puis la lourdeur de son corps qui pesait sur sa démarche, contrastant avec une certaine finesse de traits, inattendue en son visage.

— Un singulier mélange.

Je notai qu'au repos son expression truculente le quittait – ce qui permettait de supposer qu'elle n'était qu'un masque. S'il avait fallu qualifier ce que je discernais dans ces traits livrés à eux-mêmes, j'aurais parlé de gravité, de tristesse, de sagesse et même de science. Monsieur d'Ublé ne s'est jamais révélé suffisamment pour que je pénètre le secret de ses connaissances profondes. Comme rien ne permet de croire qu'il possédait les parchemins d'un docteur, j'ai toujours pensé qu'il s'agissait de science purement humaine.

Son attitude, lorsqu'il m'aperçut, fut bien dans le style que je lui connaissais déjà. Il se leva avec autant d'empressement que pour une personne royale, s'affaira en m'invitant à prendre place à ses côtés, multiplia les gestes, chassant de la main une poussière, d'ailleurs inexistante, sur le banc où j'allais m'asseoir. En même temps son visage retrouvait ses rides, arrondissait sa bouche, haussait ses sourcils, plissait son front – enfin toute cette agitation le couvrait, le déguisait tandis qu'il s'habituait à ma présence et, sans doute, se demandait ce qu'il allait faire de moi.

Comme nous n'étions de disposition ouverte ni l'un ni l'autre, la conversation s'engagea sur une série de sous-entendus qu'il fallait interpréter, et qui offraient un caractère assez joliment diplomatique.

– Quel plaisir, lui dis-je, de pouvoir s'asseoir dans un parc et s'entretenir de la belle nature, par une journée comme celle-ci.

Il fallait entendre : Je ne viens pas vous parler traité de paix ni places fortes. Ne vous inquiétez pas. Je ne vise aucune des positions officielles que vous avez à défendre.

– Sans nul doute, répondit-il. Je suis heureux que vous ayez pensé à moi pour partager cette contemplation de grâces naturelles, auxquelles je suis sensible aussi.

J'interprétai : Soit. Vous ne venez pas me parler affaires. Je me doute cependant que le hasard seul n'a pas guidé vos pas de mon côté. De quoi s'agit-il?

– J'ai toujours cru nécessaire, poursuivis-je, d'avoir quelque intérêt extérieur à mon métier, qui m'en divertisse et m'en repose. Ne trouvez-vous pas qu'il est impossible de garder l'esprit sans cesse fixé sur ces réalités sèches et pratiques dont nous avons à débattre? Parfois il devient impérieux de se plonger dans des pensées plus vagues, plus subtiles, plus élevées.

Il fallait entendre : Quoique le hasard des maîtres, des mandats, des religions nous oppose, pourquoi ne serions-nous pas amis? Echangeons nos idées sur cette partie du monde qui ne nous sépare pas.

Le baron hocha la tête et répondit :

– Ce que vous dites est vrai. Il est indispensable de sortir de son métier, mais il est extrêmement difficile de sortir de soi-même. Se livrer n'est pas donné à tout le monde, et la manière de s'y prendre dépend de nuances très délicates.

J'interprétai : Allez toujours. Je suis de bonne volonté. Mais je vous préviens que je ne m'ouvre pas à n'importe qui.

– N'est-il pas frappant, répondis-je, que ce qui sépare les hommes soit généralement de nature infime, tandis que le champ commun dans lequel ils pourraient s'unir est immense ? Nous avons tous beaucoup plus de raisons de nous entendre que de nous quereller.

Il fallait entendre : Culte et rites ne sont qu'un aspect de la pensée. Il y en a beaucoup d'autres. Donnez-moi quelque indication.

– Hé ! oui, rétorqua le gentilhomme aux yeux ronds, mais il est facile de trouver un pré-texte à dissentiment et difficile de rencontrer un point d'entente, car sur la même question il y a peu de personnes qui jugent pareille-ment.

J'interprétai : Je veux bien, mais cherchons, cherchons. Je ne suis pas d'un tempérament si commun que sur beaucoup de points je pense comme tout le monde.

Nous continuâmes ainsi quelque temps et, je l'avoue, sans progrès. Monsieur d'Ublé ne s'abandonnait pas. Je n'aurais pas juré qu'il s'y refusait, mais ce devait être une curieuse nature, faite de tours et de détours, qui n'en usait pas comme elle voulait avec sa propre sensibilité. Mon entreprise commençait à m'ap-paraître sans espoir, quand par hasard je prononçai le nom de Mélynes. Je m'étonnais de ne pas le voir auprès de son collègue.

– Où donc est monsieur de Mélynes? Qu'en avez-vous fait? L'avez-vous perdu?

C'était naïveté de ma part de supposer les deux gentilshommes liés dans l'existence, parce que je les voyais côte à côte à la table des débats. Autant vouloir que des acteurs conservent dans les coulisses les liens qui semblent les unir sur la scène.

Au nom de son collègue, monsieur d'Ublé reprit son expression goguenarde.

– Mélynes? fit-il. Il est ici, là, partout où il y a de la compagnie, dans le jardin, au château. Il parle, il expose, il discute, il prévoit, il rappelle...

Ses mains faisaient ces gestes ondoyants qu'il affectionnait et qu'accompagnaient sa mimique, le mouvement de sa tête et même de son corps qu'il pliait à moitié. Puis il s'arrêta, prit son petit air sérieux, bouche ronde, sourcils froncés, et dit :

– C'est un homme très occupé.

Je sentais quelque chose s'éveiller entre nous. Et je me rendis compte que j'avais été sot. Je croyais – je crois toujours – que l'être humain parle volontiers de lui-même, et que s'il peut être difficile de le mettre sur ce chapitre, une fois lancé il y devient intarissable. J'oubliais que nous parlons encore plus volontiers des autres, parce que la pudeur ne nous retient pas. Venu pour faire connaissance avec monsieur d'Ublé, c'était sur monsieur de Mélynes que j'allais recevoir des lumières. Je changeai mon propos, et décidai de concentrer sur ce dernier tout notre entretien – quitte à chercher ensuite auprès de lui des renseignements sur monsieur d'Ublé.

– J'imagine, répondis-je, que monsieur de Mélynes n'est pas homme à s'asseoir sur un banc et à contempler la nature.

Monsieur d'Ublé pencha la tête de côté.

– C'est un ambitieux, dit-il du même ton d'information qu'il eût dit : C'est un physicien, ou un philosophe.

– Mon noble ami le comte est un ambitieux, reprit-il. Son caractère le veut ainsi. Vous le rencontrerez toujours entouré de jeunes gens sur qui il exerce son ascendant, et qui l'admirent. Vous le verrez partout, c'est un homme qui se déplace continuellement. Vous l'entendrez aussi, car il parle sans cesse et n'aime pas d'écouter les autres : cela le fatigue. C'est, remarquez, un très brillant seigneur.

Je m'étonnai, assez lourdement, qu'un huguenot pût cultiver des soucis aussi frivoles. C'était naïf, car la religion ne change pas l'homme, elle le dirige seulement. Il y avait place, dans le huguenot idéal, pour l'ambition comme pour beaucoup d'autres forces humaines, pourvu qu'elle s'exerçât dans un sens utile à la cause huguenote. Je crus que la surprise de monsieur d'Ublé venait de ma balourdise, mais elle avait un autre motif.

– C'est un protestant de très fraîche date! murmura-t-il, haussant les sourcils avec l'expression de qui s'écrierait : « Comment, vous l'ignoriez? Tout le monde sait cela! »

Son étonnement était-il sincère? Il lui avait permis en tout cas de révéler, sans paraître le trahir, cette tare de monsieur de Mélynes. Il apparut bientôt qu'il la jugeait d'importance.

– Mélynes est de famille catholique, poursuivit-il en baissant la voix. Il est venu à la religion réformée voici quelques années à peine. Oui... Le scandale fut très grand parmi les siens. Mélynes est la bête noire, la brebis galeuse des hommes de son ancien bord. Que voulez-vous? Il fallait qu'il devînt élément de choix dans son nouveau parti. C'est une affaire d'équilibre.

Il se remit à faire ces gestes liés des mains dont il accompagnait ses sorties les plus retorses, et dont il aurait dû se dire qu'ils le trahissaient.

– Hé! oui, la cour, la société, les charges, les bénéfices... tout cela est encombré... Où trouver de la place pour avancer parmi tant de monde...? Il eût été dommage que la cause des réformés, où l'espace ne manque pas, où beaucoup de choses sont à faire, fût privée d'une nature aussi active, aussi entreprenante que celle de monsieur de Mélynes... Il l'a compris, senti... Il est venu à cette religion, devinant que sa place était là dans la France d'aujourd'hui...

Il me faisait ainsi entendre que son collègue était intrigant, nullement acquis par idéal au nouveau culte, conduit seulement par l'intérêt vers une faction qui promettait de devenir puissante.

– Remarquez, poursuivit-il, que Mélynes est un homme d'envergure : une âme de chef, un esprit largement politique. Pas diplomate... non, pas du tout. La diplomatie n'est pas son fort. Il est hors question pour lui de faire son chemin dans cette carrière. Sa place n'est pas dans des négociations comme la nôtre – il se fourvoie, il perd son temps. D'autres domaines lui offrent un champ plus vaste où il trouverait à briller davantage par un meilleur usage de ses moyens.

A la critique larvée succédait immédiatement l'éloge, qui rétablissait le respect des convenances et de la solidarité partisane. Le procès de monsieur de Mélynes n'en était pas moins fait. Et l'on ajoutait que s'il brillait, ce n'était pas dans le champ de nos travaux actuels où l'on ruinait, tout en le flattant, son prestige.

J'étais venu pour me lier avec monsieur

d'Ublé, c'était monsieur de Mélynes que j'apprenais à connaître. J'attendais un portrait élogieux et l'on me servait une charge sans indulgence. Tout cela me laissa rêveur, et je n'eus d'autre souci, une fois l'entretien terminé, que de rencontrer à son tour monsieur de Mélynes.

VIII

L'occasion m'en fut donnée le lendemain après-midi. Ce fut aussi dans le jardin, mais non de la même façon discrète et solitaire.

J'aperçus le comte qui arpentait une allée, suivi de jeunes huguenots, ainsi que me l'avait annoncé monsieur d'Ublé. Il discourait avec de grands gestes des bras. Je m'aperçus en le regardant qu'on ne pouvait concevoir monsieur de Mélynes au repos. Même arrêté, comme à la table de notre comité, il paraissait encore en mouvement – tandis que même marchant, monsieur d'Ublé gardait en sa contenance quelque chose d'immobile.

– Blanc et noir, pensai-je cette fois, notant le visage blafard au haut de la longue silhouette.

Son attitude, quand il me vit, fut celle d'un homme qui se souvient avec un léger ennui d'une chose à faire. Sans un mot, ses compagnons se dispersèrent et il vint droit à moi, posant la main sur mon épaule. Je compris bientôt qu'il ne serait pas question entre nous de propos voilés ni de sous-entendus diplomatiques. C'était plus bas que gisaient les astuces.

– Que vous a dit cette vieille bête d'Ublé? demanda-t-il en souriant délicieusement, et d'une voix si haute qu'on pouvait nous entendre de toutes les allées voisines.

Il avait eu connaissance de notre entretien. Je songeai que les jeunes gens qui l'entouraient ne lui faisaient pas qu'une escorte, qu'ils étaient autant d'yeux et d'oreilles à son service, et que j'étais moins libre de mes allées et venues que je ne le pensais, dans ce château.

Monsieur de Mélynes marchait à côté de moi, m'entraînant à une allure plus vive que celle qui m'est naturelle. Il y avait dans ses enjambées, comme dans le balancement de ses bras, quelque chose de démesuré, de désarticulé qui s'accordait je ne sais comment avec la ligne du nez pointant vers le ciel. J'avais l'impression de marcher à l'ombre de ce nez.

– D'Ublé est mon meilleur ami, reprit le comte sans transition. Mon meilleur ami, répéta-t-il avec force comme il devait faire lorsqu'il affirmait ce qu'il savait n'être pas vrai. Et l'un de plus fins diplomates de ce temps.

Le même jeu se reproduisait, d'éloges dont on couvrait une critique insidieuse, une médisance qu'on allait, qu'on voulait me faire entendre. Et l'idée me frappa, qu'au fond les deux délégués huguenots avaient intérêt à se déprécier l'un l'autre dans mon esprit. Dans leur dissentiment sur les villes, j'allais jouer le rôle d'arbitre, et ils essayaient en moi la fibre sentimentale. Parti pour tâter leur amitié, je me trouvais assiégé dans la mienne. Leur calcul avait précédé le mien, décidément nous étions en bonne compagnie, je n'avais pas affaire à des novices.

– Têtu comme une mule, poursuivait monsieur de Mélynes. Aussi arrêté dans ses idées que souple et ondoyant pour les défendre. Le vrai diplomate, fait pour disputer – non pour concevoir. Laissez-le tranquille avec les idées, ne lui demandez pas son avis, donnez-lui le vôtre (et le comte avait en disant ces mots un petit geste négateur et agacé de la main), donnez-lui le vôtre : vous verrez comme sans le partager, sans le comprendre même, il le fera triompher. Un diplomate, vous dis-je.

Il fronçait les sourcils, secouait la tête avec impatience, comme s'il ne s'adressait déjà plus à moi mais à des contradicteurs imaginaires.

– Ne demandez pas à d'Ublé des conceptions, des préférences. Ce n'est pas un cerveau politique, je ne cesse de le répéter, c'est un diplomate, le premier de son époque.

– Mais si, pensai-je, votre tête, mon cher comte, est la meilleure des deux, vos conceptions sont donc les plus utiles à la cause huguenote – et je dois les refuser, adopter celles de votre collègue. Vous plaidez contre vous.

A tout hasard, et sachant qu'il suffisait de donner le départ à monsieur de Mélynes, j'effleurai la question de religion.

– Voilà le point capital, répondit-il. Les barons d'Ublé sont protestants de la première heure. Il y a peut-être vingt ans, trente ans que mon excellent ami pratique la religion réformée. On l'y aurait élevé, il n'en serait pas plus imbu. Sa mère était Anglaise – ce qui vous explique sa raideur narquoise – il a au-delà de l'eau des attaches nombreuses, qui l'entretiennent dans son intransigeance doctrinale. Mauvaise affaire, ne trouvez-vous pas pour un diplomate, qu'une disposition rigide au fond du caractère...?

Il me prenait par mon faible.

– Nous devons être, lui dis-je, tout souplesse et disponibilité, orientés dans une certaine direction qu'on nous donne, mais prêts autour de cet axe à varier mille fois en tous sens.

Monsieur de Mélynes s'arrêta et mit de nouveau la main sur mon épaule. Sa continuelle mobilité marquait d'une certaine solennité ses arrêts. Il parvenait ainsi à imposer, au moment qu'il choisissait, le poids de sa pensée à son interlocuteur. C'était un de ses effets les mieux réussis.

– Avouez, mon cher, dit-il de sa voix riche, qu'entre nous pas mal de choses pourraient

78

s'arranger. Tout évolue, et l'Eglise réformée comme le reste. Il n'y a plus de place aujourd'hui pour l'intransigeance. Dans les premiers temps elle était indispensable, nous vivons à présent une époque où tout se règle par compromis. Des êtres comme d'Ublé, découvrons-nous devant eux, mais renvoyons-les aux origines. A quoi voulez-vous arriver avec un homme bridé par des préceptes? Rien ne se fera de nos jours que par l'échange et la concession. Vous et moi, nous comprenons cela.

– C'est donc là qu'il voulait en venir, pensai-je. Une compensation si je lui donne Sancerre.

Je n'aurais pas été de ma partie si j'avais fait la sourde oreille à cette offre discrète. Je répondis que l'échange était la base de toute transaction, le principe maître de toute diplomatie.

Nous nous séparâmes ensuite, sentant que l'entretien en était venu à un point où il aurait fallu, pour continuer, passer de l'allusion voilée à la précision crue – ce qui déplaît au tempérament diplomatique.

– Somme toute, pensai-je en m'éloignant, me voici aux prises avec deux hommes dont l'un n'est que sourires et affabilité, mais inflexible sur le fond, dont l'autre sous les apparences de la gravité la plus austère est prêt à tous les compromis. Celui-ci m'offre pour la ville qu'il désire, un dédommagement aux dépens de la cause huguenote. Oui... C'est un homme prêt à tout lorsqu'il veut quelque chose. Précieuse rencontre. Et moment très opportun. Mélynes est en pleine ascension, ses désirs se réalisent, il en prend l'habitude, il ne peut déjà plus y renoncer, il sent son étoile favorable, une exigence un peu forte ne l'effrayera pas. L'occasion se présente de ne pas céder la quatrième ville. J'aurais tort de ne pas la saisir. Essayons. Pauvre d'Ublé!...

IX

Je n'eus garde, lors de notre suivante réunion, de paraître abandonner Sancerre aux huguenots. Au contraire je marquai une préférence immédiate pour la cession d'Angoulême. Le discours que je servis au comité prit une forme de ce genre :

– Vous avez bien voulu (à monsieur d'Ublé) proposer Angoulême pour troisième place de sûreté. Vous n'avez pas manqué (à monsieur de Mélynes) d'apporter après quelques hésitations, votre assentiment à ce choix. Le roi ne se refuse pas à considérer votre offre, il pourrait même s'y rallier si nos travaux n'y révèlent pas d'obstacle insurmontable.

Monsieur de Mélynes me fixait de ses petits yeux noirs, déçus tout d'abord, perplexes ensuite lorsqu'il entendit que j'assortissais mon avance d'une restriction qui lui enlevait son caractère définitif. Visiblement, il se disait :

– Me trahit-il ? L'ai-je mal jugé ? Nous sommes-nous mal compris? Ou quel jeu exactement joue-t-il?

Monsieur d'Ublé demeurait impassible, jouissant intérieurement de son succès, qu'il devait imputer aux amabilités qu'il avait eues pour moi. Ou bien se disait-il:

– Comme c'est facile! Que j'ai abouti rapidement! Ainsi du premier coup... A quelle pauvre partie ai-je affaire?

Mais j'imagine qu'il attribuait surtout le triomphe d'Angoulême à son propre mérite. C'est humain, et à sa place j'aurais fait de même.

– Excellente solution, Angoulême, disait lentement, prudemment monsieur de Mélynes, baissant le nez parce que le moment n'était pas venu de s'affirmer ni de conquérir. Excellente solution... Toute une province, en somme, toute une province...

– Il faudra, dis-je, s'entendre sur des limitations d'influence administrative, commerciale...

– Ah! interrompit monsieur de Mélynes, nous y voilà! comme il eût dit: C'est ici que je vous attendais, ici que les difficultés commencent et que nous allons voir que votre solution est impossible.

– Epineuse question, poursuivit-il, très épineuse question!...

– Nous vous donnons beaucoup, argumentai-je, sachez nous rendre en échange. Tout n'est que transaction et compromis dans nos affaires.

Le regard de monsieur de Mélynes s'alluma, sur ces mots significatifs, et reprit son assurance malicieuse. Il me voyait venir, il commençait à comprendre.

– Transigeons donc, répondit-il en faisant son joli sourire. Transigeons.

Et il appuyait sur le verbe avec un plaisir évident, y trouvant la promesse du retournement qui allait suivre et dont il cherchait la route en tâtonnant à travers mes intentions.

Monsieur d'Ublé montra sa mine bon enfant, ses joues gonflées.

– Ce n'est pas, dit-il, que nous soyons fermés à tout esprit de conciliation. On ne peut traiter une cession aussi importante sans l'assortir de quelques réserves.

– Mais on ne peut davantage concéder, intervint monsieur de Mélynes vivement, au point de la vider de toute sa substance.

– Nous y voilà, pensai-je à mon tour. Le vrai dialogue commence. Les adversaires dans ce comité ne sont pas où l'on croit.

Et de fait il se produisit ceci de paradoxal que monsieur de Mélynes se mit à défendre les moindres avantages d'Angoulême dont il ne voulait pas, que monsieur d'Ublé se montra disposé à perdre la plupart des bénéfices d'une transaction qu'il n'avait plus dès lors beaucoup lieu de désirer. Le premier souhaitait évidemment me lasser par son intransigeance, le second me garder à tout prix dans mes bonnes dispositions à son égard. Mais la lutte se livrait en réalité sur le terrain des amours-propres. Chez nos adversaires, le stade était dépassé du mandat collectif à défendre, du bien supérieur de la cause à poursuivre : il n'y avait plus que deux hommes enfoncés dans leurs convictions propres, chacun obstinément décidé à faire aboutir la sienne.

Je me mis du côté de monsieur d'Ublé et nous unîmes nos volontés contre celle du comte. C'était comme si un retournement d'alliances se fût opéré au sein du comité. Monsieur de Mélynes se tendait, le buste rejeté vers l'arrière, le nez montant de plus en plus à mesure que s'échauffaient les esprits. On eût dit qu'il se renversait pour s'opposer à notre double traction. Ce que faisait monsieur de Biron, je n'en ai pas souvenir. Sans doute suivait-il avec embarras cet engagement de grand style, où ne se retrouvaient pas bien ses idées sur l'art de négocier, qui étaient simples.

Il fut question des privilèges du port d'Angoulême. Allait-on les lui laisser ? Egalement de certaines fabriques de poudre, que le roi possédait là. Y demeureraient-elles ?

– Les privilèges, mais pas la poudre, opinais-je.

– Non, disait monsieur de Mélynes.

– La poudre, mais pas les privilèges, essayait monsieur d'Ublé.

– Pas davantage.

– Quoi alors?

– Les privilèges et la poudre.

– Dans ce cas ni poudre, ni privilèges, disais-je en manière de conclusion.

Ce dialogue, si peu diplomatique dans sa rigueur maladroite, se poursuivit quelque temps pour le secret amusement du comte et le mien, puisque nous savions où il nous conduisait – pour l'inquiétude croissante de monsieur d'Ublé, qui sentait bien ce qu'il y avait d'anormal dans notre attitude.

Enfin je prononçai la phrase attendue :

– J'aimerais encore mieux, dans ces conditions, vous abandonner Sancerre et garder Angoulême.

– Je vous prends au mot, monsieur, rétorqua le comte en s'abattant sur la table, comme s'il y eût saisi l'occasion qui passait.

Ce changement d'équilibre ne me prit pas au dépourvu, mais je crois bien qu'au moral monsieur d'Ublé fit la culbute en arrière.

– Sancerre, mais alors rien auprès, ajoutai-je.

Monsieur de Mélynes balança un instant devant cette exigence considérable, mais emporté par son élan et le désir d'avoir raison, acquiesça :

– Sancerre, et rien auprès.
– Montauban, La Rochelle, Sancerre.
– Montauban, La Rochelle, Sancerre.

Sur cet accord sensationnel, j'allais proposer de lever la séance avant tout repentir, avant toute contre-attaque de monsieur d'Ublé. A ma surprise, ce dernier me devança.

– Je crois, dit-il avec son air de hibou attentif et prudent, que nous devrions nous accorder quelques heures de liberté, pour faire rapport en haut lieu sur les décisions graves que nous prenons.

– Il va, pensai-je, entreprendre son collègue, en appeler devant la délégation huguenote pour obtenir un retour sur cette concession. Mais monsieur de Mélynes est adroit et l'importance militaire de Sancerre évidente. Nous sommes en guerre malgré tout, Mélynes présentera comme une victoire de m'avoir enlevé un point stratégique contre une quatrième place dont il contestera l'utilité désormais. Pauvre d'Ublé !

X

Je fus assez étonné quand, sortant du château le lendemain, j'aperçus le baron qui me faisait signe et se dirigeait vers moi. J'eus l'impression qu'il m'avait guetté.

– Il va m'attaquer, pensai-je. Une action directe pour me faire revenir sur Angoulême. Quelle singulière idée! Vous n'avez aucune chance par cette méthode, baron...

– Venez-vous dans le jardin? demanda-t-il.

J'acquiesçai de grand cœur et l'accompagnai plein de méfiance. Mais il m'apparut bientôt qu'il ne voulait pas m'entretenir du traité. Sa physionomie ne montrait pas le masque sévère qu'elle prenait quand il croyait la justice offensée, ni ces mille plis changeants dont elle se couvrait quand il élaborait son jeu en négociations. Elle était impassible mais détendue. Et de nouveau j'éprouvai l'impression, déjà ressentie, que monsieur d'Ublé n'attachait pas de réelle importance aux choses qu'il traitait. Intègre et

hautain, il y consacrait cette application matérielle qu'exigeait sa conscience. Mais intérieurement il avait dû atteindre certain stade où toute
réalisation pratique lui paraissait futile. Par la
suite, il lui arriva souvent, lorsque s'élevait le
ton des débats, de dire ou seulement de signifier
par une mimique :

– Remarquez bien que tout ceci n'a pas énor-
mément d'importance...

Revenu de tout, ou parvenu au-delà de tout :
j'hésitais entre les deux formules.

Je dois ajouter que certains liens de sympathie
innée me liaient à ce pittoresque gentilhomme.
Pour monsieur de Mélynes j'éprouvais une
considération basée sur le respect du talent et de
la vitalité – d'amitié, point. Pour le baron je
gardais toujours un coin de chaleur dans ma
poitrine, même quand je le combattais avec le
plus de force et de ruse. Ce fut précisément cet
après-midi-là que je sentis l'éveil de ce sentiment, en même temps qu'il me semblait découvrir que monsieur d'Ublé éprouvait le même à
mon égard.

Tout de suite il mit la conversation sur le ton
de la confidence. C'était me prendre de la bonne
manière. Le commerce des hommes n'a pu me
dépouiller d'un goût profond pour toutes les
formes de l'amitié.

– Ne vous sentez-vous pas accablé quelquefois, demanda-t-il, par le poids de ces grandes questions qu'on nous charge d'arbitrer?

– Accablé, non, répondis-je. Exalté, peut-être.

– Vous seriez, de tempérament, plutôt du côté de Mélynes, murmura-t-il.

– Du côté du comte, répliquai-je vivement, oui sans doute, par un certain détachement et une certaine audace... Mais remarquez, monsieur, que si de nature je suis retors et secret, je n'estime cependant que la droiture. Je n'ai jamais pu me lier avec quiconque ne possédait pas un fond d'honnêteté.

Cet éloge discret porta, je pense, montrant que j'avais saisi la différence qui existait entre le comte et le baron, et que ce dernier y trouvait son avantage. Il me sembla le voir rougir, mais ses joues cramoisies absorbaient rapidement les nuances de son teint. La nature avait protégé ce parfait diplomate contre les altérations qui d'habitude trahissent les hommes.

– Croiriez-vous, reprit-il, qu'après tant d'années de pratique, il m'arrive encore de ne pas dormir en pensant à ces villes, à ces territoires qui sont en jeu sous ma coupe? Songez que ce sont des êtres humains dont nous faisons commerce. Imaginez ce que signifie pour une cause la perte ou l'acquisition d'aussi vastes domaines.

Il s'arrêta un instant – cela devait lui arriver

souvent au cours de cet entretien – pour me regarder en face, branlant la tête à l'appui de ses paroles.

– Attendez, répliquai-je, vous m'avez pris de court tout à l'heure. Je crois, si j'y réfléchis, que c'est étonné que je suis surtout lorsque je pense aux affaires que nous traitons. Je n'en reviens pas d'imaginer ce qui dépend de moi au cours de ces travaux. J'imagine ces villes, avec leurs industries, leur commerce, leurs monuments, je vois des maisons, des rues, des gens qui les remplissent, et je songe que tout cela tient dans ma main, dépend d'un « oui », d'un « non » que je prononcerai. C'est une extraordinaire sensation.

– Ne sentez-vous pas le poids que pèsent ces pierres ? reprit monsieur d'Ublé. Est-il normal qu'un être humain porte sur ses épaules cinq cents millions de livres minérales ? Peut-il respirer s'il tient sur sa poitrine cent mille destinées humaines ?

– Mais voilà justement, dis-je, l'étonnant : c'est que tout cela devienne si léger dès que j'en dispose en négociateur. Ces amoncellements de pierres pourraient être coquilles d'œufs. On dirait que villes, maisons, rues et habitants se vident de toute substance, alors que ce sont de si lourdes et tragiques réalités.

– Ne vous jugez-vous pas bien coupable,

demanda le baron, de vous en servir de la sorte?

– Non, répondis-je, car comment jonglerais-je avec ces enjeux immenses, ainsi qu'il m'est imposé de le faire, si je ne les allégeais d'abord à la mesure de mes forces?

– On devrait, dit monsieur d'Ublé pensivement, avant de traiter, aller voir ces endroits qui vont être l'objet des palabres. Il faudrait marcher dans les rues, visiter les maisons, parler aux habitants pour savoir, pour conserver présente et vivante à l'esprit la nature véritable de ce qui va être disputé.

– Au contraire, fis-je à mon tour, il me semble qu'il vaut mieux ne rien savoir, garder de ces choses une conception purement abstraite, car on ne traite adroitement que dans l'indépendance, libre de sentiments et de préférences personnelles.

– Voulez-vous dire, interrogea le baron, que vous ne ressentez rien lorsque vous négociez, que la valeur et la réalité humaines de ce que vous débattez vous échappent complètement?

– Complètement, avouai-je. Ce sont autant de pions sur un échiquier. Ou s'il m'arrive de faire un effort pour me représenter ces gens, ces domaines, ces richesses qui dépendent de mon jeu, eh bien! c'est une sensation de joie, de jubilation que j'éprouve à l'idée que tant d'humanité repose en ma puissance.

– Cela, c'est coupable! trancha monsieur d'Ublé s'arrêtant net – bouche ronde, sourcils haussés, doigt négateur.

Je rencontrai son regard sans fausse honte, approuvant de la tête.

– Oui, c'est coupable, consentis-je. Que voulez-vous? J'étais fait pour arbitrer les grands problèmes de ce monde. Vous ne me changerez pas.

– C'est pur orgueil! dit encore le baron.

– Ou pur dilettantisme, rétorquai-je, si vous me permettez d'employer un mot d'Italie. Pure dilection de jouer du bout des doigts le destin des foules et des empires.

– Et si je comprends bien, votre plaisir augmente à mesure que s'agrandit l'enjeu, alors que devrait au contraire s'alourdir votre angoisse?

– C'est cela même. Il est malheureux que le sort qui m'a conduit au bord de la carrière diplomatique sans m'y faire entrer véritablement, n'ait pas permis qu'on me confiât de plus vastes besognes. Je vous avoue que les villes de France ne suffisent pas à mes goûts de plénipotentiaire. Ce sont de pauvres proies. Il m'eût fallu des provinces, des royaumes.

– Vous aimeriez gouverner et dominer des multitudes? dit monsieur d'Ublé en fronçant les sourcils.

– Que non, répondis-je. Seulement en disposer. Je me soucierais fort peu d'assumer les charges et les soucis d'un empire. Mais j'aimerais prendre part au vaste jeu d'échecs qui se joue à la surface de la terre.

Le baron fit quelques pas en silence.

– Estimez-vous, demanda-t-il enfin, être le diplomate idéal, avec votre amusement, votre équilibre et votre indifférence?

Je ne fis pas attendre ma réponse. Elle m'était connue de longue date.

– Non, dis-je. Car un gérant des affaires humaines ne saurait être parfait s'il manque d'humanité. Mais vous-même, poursuivis-je, estimez-vous l'être, baron, avec votre sensibilité, vos scrupules et votre conscience?

Monsieur d'Ublé parut surpris, puis secoua la tête à son tour, en poussant un petit soupir.

– Pas davantage, reconnut-il. Comment voulez-vous traiter les affaires du monde si vous hésitez sur chaque homme, sur chaque pierre, sur chaque arpent? Il y faut plus de désinvolture.

Nous convînmes que nous représentions deux types extrêmes de notre état, et que l'archétype se situerait entre nous deux. Mais comment se composeraient en lui nos deux caractères, nous ne l'apercevions pas bien. Il nous manquait un exemple qui nous mît sur la voie. Nous avions beau chercher...

– Mélynes? suggérai-je.

Mais aussitôt nous répondîmes ensemble :

– Certainement pas!

Je connaissais déjà le comte aussi bien que faisait son collègue.

– Et pourtant, dis-je reprenant le fil de mes pensées, traiter, négocier, départager, transiger, arbitrer sont des besognes pour lesquelles je me sens fait. Je me demande quelle vocation le diplomate-né pourrait ressentir qui fût plus impérieuse que la mienne. Je vous avoue que mes années de professeur, puis de conseiller ne me laissent qu'un souvenir terne. Il m'aurait fallu vivre longtemps en ambassade.

– Moi aussi, convint monsieur d'Ublé, et c'est peut-être encore plus extraordinaire dans mon cas. Malgré la torture que me causent mes scrupules, une force irrésistible n'a jamais cessé de me pousser vers le métier diplomatique. Peut-être est-ce le souci de savoir que les destinées humaines sont injustes, et le besoin de m'évertuer à y porter remède bien que ce soit impossible.

– Ne trouvez-vous pas, questionnai-je à mon tour – ne voulant pas lui abandonner toutes les initiatives en faveur de la vertu – ne trouvez-vous pas que c'est un singulier métier que le nôtre? Car enfin nous faisons profession de dissimulation, de ruse, d'astuce, disons-le : de fourberie – tous caractères qui ne sont pas estimés habituellement et dont on vous fait grief dans le monde. Sommes-nous excusables de pratiquer et de développer de telles aptitudes?

– Oui, pour le salut d'une cause juste, répondit fermement le baron.

Un certain durcissement apparut dans son attitude, où je retrouvai la raideur anglo-saxonne héritée de la branche maternelle. Sur le fait de la cause, monsieur d'Ublé ne transigeait pas.

– Il faut être secret et calculateur, poursuivit-il. La société humaine s'organise en groupes fermés, par une disposition naturelle de notre espèce. Nous tendons à former des ensembles qui se cachent les uns aux autres. Des uns aux autres ils traitent par ambassadeurs, et chacun ne s'ouvre que pour se refermer aussitôt sur ce qu'il a laissé pénétrer, et qu'il absorbe sans partage. On ne peut être à la fois protestant et catholique, Anglais et Français, rustre et gentilhomme.

– Et à l'intérieur de ces castes, opinai-je, d'autres groupes se forment, aussi fermés entre eux. L'Eglise protestante se fractionne, comme toute organisation, comme l'Eglise catholique. Puis ces fractions elles-mêmes se compartimentent, et ainsi jusqu'à la cellule familiale.

– Jusqu'à l'individu, renchérit monsieur d'Ublé en s'arrêtant et repartant. Jusqu'à l'homme qui est le plus hermétique des ensembles. Comment voulez-vous que règnent la

95

confiance et le libre épanchement, quand nous venons au monde à l'état de pensée incommunicable? Il faut que chacun mûrisse à part soi et machine sa destinée, ne livrant ses plans qu'à la dernière minute – ou il périt sous l'avantage des autres. Celui qui parle est perdu, entouré de gens qui sauront, lui qui ne saura rien. Pour l'équilibre de la société, il faut que chacun se taise.

– Remarquez d'ailleurs, ajoutai-je, que ceux qui exposent leurs projets et leurs démêlés sur la place publique nous inspirent vite un dédain amusé. Au lieu que si quelqu'un réussit une manœuvre adroite, par quelque machination dont il cache les fils jusqu'au bout, même si nous en sommes victimes, nous ne pouvons nous empêcher d'admirer en lui ce qui nous paraît une maîtrise.

Nous continuâmes ainsi quelque temps, échangeant des arguments dans le même sens, et nous plaisant à démontrer le bien-fondé des opinions qui nous étaient communes. C'est la façon la plus agréable de discuter.

Nous en étions je ne sais où, revenant aux responsabilités de ces partages d'humains que nous faisions, quand monsieur d'Ublé s'arrêta – pour la vingtième fois – et me saisit par le poignet.

– Avons-nous le droit, demanda-t-il à voix basse, de disposer ainsi de ces multitudes? Peut-on décider, sans demander leur sentiment, qu'autant d'hommes et de femmes demain seront à tel ou tel, soumis à telle ou telle croyance?

L'expression de ses yeux était si grave, que je me sentis atteint. La sensibilité n'est pas mon fort, je ne réagis pas vite aux émotions d'autrui. Mais il n'est pas certain que cette disposition me satisfasse toujours. Je ne déteste pas de sentir s'éveiller la fibre humaine. La chaleur de la main, la secousse de l'étreinte, le timbre de la voix, l'expression du visage avaient créé entre monsieur d'Ublé et moi un courant d'âme. Ce fut un instant choisi.

Je répondis bientôt par un geste évasif, pensant que notre époque ne convenait pas à des scrupules aussi fondamentaux. Sans doute deviendront-ils de circonstance en des temps plus évolués. A ce titre monsieur d'Ublé était un précurseur, et sa philosophie précédait celle de son siècle.

Je le quittai, en fin d'après-midi, emportant quelque chaleur de sa compagnie. J'admirais que si différents d'allure, et de tempérament, nous ayons pu si aisément nous entendre. Il ne me déplaisait pas que des liens d'amitié se nouassent entre moi-même et ceux que je devais combattre. Peut-être eussé-je pu observer que déjà ils me dominaient plus qu'il n'eût fallu, si je voulais en conserver la libre manœuvre.

XI

Cette nuit-là je fis un rêve.

Je voyais Angoulême, sous une forme due à ma seule invention, car je n'y suis jamais allé. C'était une cité vaste et riante, aérée, dont l'aspect général suggérait la puissance et la richesse. J'y devinais de nombreux monuments, et si aucune foule ne m'apparaissait, il était évident qu'une population importante vivait là. Sur un cours d'eau glissaient des barques chargées, des chariots passaient sur les routes. Ainsi figurais-je la prospérité commerciale de cette ville. L'ensemble produisait une image claire et finement architecturale.

Je voyais d'autre part Sancerre, aussi inconnue de moi. J'en faisais une citadelle érigée au sommet d'un mont. L'ensemble était obscur, escarpé, étouffant. Dans des ruelles étroites circulait une foule compacte, agitée comme une colonie d'insectes. Des remparts abrupts enserraient la ville et son peuple, qui semblaient moins entraînés par la vie que contraints par la nécessité.

Ces deux places fortes, si dissemblables, prenaient une légèreté aérienne qui n'appartient qu'aux songes. On les eût dites vidées de toute pesanteur. Je voyais la première à ma gauche, la seconde à ma droite. Puis Angoulême s'enleva dans le ciel et vint se poser à ma droite, tandis que Sancerre prenant son vol décrivait une courbe semblable et touchait terre à ma gauche. Ma surprise eut à peine le temps de se formuler, car bientôt elles se remettaient en mouvement, et par un trajet inverse reprenaient leurs places premières. Elles continuèrent ainsi, et je les vis danser de plus en plus vite, se croisant et se recroisant en plein azur. D'autres villes surgirent, venant d'autres points de l'horizon, qui entremêlèrent leurs trajectoires. Le ciel ne fut plus que murailles, tours, maisons et clochers, l'ensemble devint un ballet absurde qui déborda les forces de mon imagination et m'éveilla.

XII

Je l'ai fait comprendre, je pense, l'intérêt du facteur humain en négociations est considérable. D'où mon goût pour les contacts privés avec la partie adverse, et la peine que je prends pour connaître ceux avec qui je dois débattre.

Je ne jurerais pas que ce point de doctrine ne soit pas influencé par certaines dispositions de mon caractère. J'ai toujours trouvé un plaisir aigu à étudier les hommes, et dans la position exceptionnelle du négociateur, de multiples ressorts deviennent apparents qu'il serait pitié de ne pas faire jouer.

Toujours est-il que la perspective de nous réunir prenait plus d'attraits, à présent que je connaissais le comte et le baron. Les rencontrer me promettait une certaine intimité que n'avaient pu avoir nos premiers entretiens. J'étais uni à monsieur de Mélynes par un acte informulé, qui nous liait d'autant plus étroitement qu'il le séparait de son collègue. Entre monsieur d'Ublé et moi il y avait cette longue conversation d'après-midi, un de ces échanges de pensées qui font plus pour l'amitié que des années de compagnonnage. Et véritablement c'est d'amitié, au moins en son principe, qu'il s'agissait déjà.

L'attitude du baron ne m'en surprit que davantage, quand nous nous réunîmes le lendemain. Il s'agissait de traiter de questions connexes aux décisions que nous avions prises. Je ne m'attendais pas de sa part à beaucoup d'effusion, moi-même j'arrivais en séance avec un visage impassible, mais sans ignorer la satisfaction que j'éprouvais à le rencontrer. Il apparut, le front chargé d'orages. Ses gros yeux fixes ne brillaient d'aucune vie. Il regardait droit devant lui, et bien que nous nous fussions salués, je n'eusse pas juré qu'il m'avait aperçu. Il s'enferma, durant les préliminaires de la séance, dans un silence obstiné. Puis, à je ne sais quelle occasion, il prit la parole et commença lentement, comme s'il cherchait les mots très loin dans son esprit.

– Messieurs, les voies que vous suivez sont tortueuses. Les délégués du roi ne marchent pas droit au but. Rien de ce que vous dites à cette table ne traduit le fond de votre pensée, et rien de ce que vous pensez n'est exposé tel quel à cette table. Tout est travesti, augmenté, diminué, altéré selon les besoins de la cause royale,

et si vous nous dites quelque chose nous pouvons croire qu'il en est un peu comme vous le
dites, mais qu'il en est aussi beaucoup autrement. Vous abordez les sujets en oblique, nul ne
sait, quand vous prenez la parole, où vous allez
aboutir – tout ce qu'on peut prévoir est que ce
ne sera pas là où vous semblez vous diriger.
Vous dissimulez, Messieurs, vous décevez, vous
abusez, vous vous dérobez. Voilà votre méthode : refus perpétuel, refus de préciser, d'affirmer, d'engager, refus de tout. Le combat
n'est pas votre fait, ni le contact de la lame
contre la lame. Vous ne rompez même pas, car
rompre c'est indiquer une direction, où l'on
pourrait vous poursuivre. Vous esquivez, et la
lutte devient une agitation sans objet, une danse
désordonnée sur des sables mouvants.

Il avait débité ces mots sur un ton étouffé,
lentement, sans cesser de nous tenir, monsieur
de Biron et moi, sous son regard. Puis, son
timbre s'éclaircit, sa personne s'anima sous l'effet de sa propre éloquence, et ses yeux brillèrent
de quelques lueurs lointaines, comme celles
qu'on voit aux prunelles des fauves quand leur
colère va s'éveiller.

J'étais embarrassé par une prise à partie aussi
directe. Que se passait-il? Quelle mouche
piquait le baron? L'usage diplomatique veut
qu'on ne semble pas soupçonner les méthodes
de l'adversaire. Et il est de bon ton de les

supposer droites, si l'on tient à en parler : « … Je ne doute pas de la bonne foi de monsieur le délégué de… Je suis certain que monsieur le délégué de… exprime le fond de sa pensée… » quand on sait qu'il n'en est rien. Exposer clairement à la table des délibérations la technique privée du métier de négociateur est aussi déplacé que parler de sa toilette dans un salon.

Monsieur d'Ublé reprenait, sur un ton plus élevé :

– Vous ourdissez des complots, messieurs, vous tramez des intrigues et des manœuvres, à l'abri de ce rideau mouvant qui vous cache. Ce qui se passe ici, à cette table, n'est que façade et cérémonie. L'essentiel se fait ailleurs. Il n'est pas de démarche que vous ne tentiez dans les coulisses, il n'est personne que vous jugiez inabordable. Votre principe est que toute position présente un aspect, si infime soit-il, par où elle s'accorde avec la vôtre. N'importe qui, si opposé vous soit-il, peut être attiré dans votre camp par quelqu'un de ses intérêts. Et vous jouez à diviser, à séduire, à organiser des alliances inavouées autour d'un objet précis, quitte à les dénoncer quand il sera atteint. Votre audace ne s'arrêterait pas à la ligne qui nous sépare, et à l'amiral de Coligny lui-même vous tenteriez de montrer qu'il peut gagner à vous servir. Vous ne croyez pas, messieurs, à un idéal commun, si pur et si dur qu'il n'y puisse exister aucune faille. Vous croyez à la faillibilité de l'âme humaine, et que groupés autour d'une bannière les hommes conservent toujours assez d'à part soi pour s'en écarter – fût-ce par des conceptions différentes sur la façon de la défendre. Vous croyez à l'âme vulnérable et divisée, à l'inconstance de toute foi, vous comptez sur l'individu et sur l'empire des soucis personnels, des convictions privées, vous faites votre jeu de l'orgueil, de la sottise, de l'ambition, de la naïveté, vous prenez pour champ la faiblesse humaine.

Je me demandais comment allait finir cette sortie imprévue, et commençais à douter si nous ne devrions pas quitter la salle. J'hésitais parce que les phrases du baron pouvaient, au pied de la lettre, n'être pas considérées comme offensantes et se réduire à la constatation de vérités habituellement tues. Mais le ton leur donnait une valeur accusatrice difficilement acceptable. Je craignais un esclandre de la part de monsieur de Biron, dont le teint gagnait en couleur. Monsieur de Mélynes lui-même s'agitait, baissait le nez et semblait se demander où son collègue voulait en venir.

Monsieur d'Ublé avait posé un coude sur la table, et son index horizontal se balançait vers nous, ponctuant par des oscillations les hauts moments de son éloquence. Ses joues tournaient au pourpre, un peu d'écume paraissait aux coins de ses lèvres, il penchait vers l'avant comme si l'élan de sa conviction l'eût emporté hors de son assiette.

– Beaucoup de vices, poursuivit-il en appuyant sur le dernier mot, sont assis à cette table. La fourberie, la duplicité, la trahison, le mensonge, l'hypocrisie, la perfidie siègent parmi nous. Rarement on a pu voir une assemblée se réunir pour mettre en œuvre des aspects aussi noirs et aussi bas de l'âme humaine. Ce que vous nous dites, messieurs, nous n'en saurons jamais la raison ni le but véritable, derrière vos paroles nous devrons supposer toujours d'autres paroles non prononcées. Toute avance de votre part mérite méfiance, toute promesse demande garantie, toute concession requiert vigilance, toute suggestion réclame circonspection et mise en garde. L'intrigue, la ruse, le cynisme sont partout, nulle part la franchise, nulle part la droiture, nulle part la loyauté...!

Il y eut un suspens. Cette fois le baron allait trop fort. Couché sur la table, il fronçait des sourcils terribles, gonflait les joues, retroussait les lèvres – ses yeux lançaient des éclairs et on eût dit volontiers que sa bouche crachait des flammes. Toute sa personne exprimait l'indignation et une sorte de fureur sacrée.

J'oscillais entre plusieurs conduites à tenir. A franchement parler, je m'accommode mal de semblables situations. Il me déplaît qu'on m'attaque brutalement. Des années de pratique m'ont formé à ne rien craindre des entreprises les plus insidieuses. De l'étreinte glissante du python, je connais l'art de me dégager. Mais le coup de front du bélier me prend de court et bouleverse mes réactions. Je me trouve dans la situation du joueur expérimenté qui rencontre un tricheur. J'avais du jeu diplomatique une longue habitude, mais dans le respect de certaines règles. J'hésitais donc. Monsieur de Mélynes se taisait, le nez complètement descendu en terre. A côté de moi soufflait monsieur de Biron, congestionné, boursouflé de colère, frémissant comme une machine de guerre prête à se détendre. Je crois que seul son dépaysement en ces joutes extra-militaires le retenait de dégainer contre monsieur d'Ublé, ou plus simplement, de lui sauter à la gorge.

Il se passa plusieurs secondes d'un silence consterné.

Puis une brise printanière parut souffler sur la chambre. On eût dit qu'un ciel bleu d'avril se révélait, entre des nuages lentement écartés. Par d'imperceptibles transformations, le visage de monsieur d'Ublé se décontractait. Jamais acteur devant son miroir ne réussit un passage de nuances aussi continu, entre deux expressions aussi différentes. L'étonnant était le peu de mouvement que ses traits consentirent pour transformer le sentiment qu'ils rendaient. Ses rides demeurèrent mais s'infléchirent, sa bouche releva ses commissures, l'éclair dans son regard devint une lumière dansante : monsieur d'Ublé souriait.

Il nous considérait avec un air d'infinie indulgence. Redressé sur son siège, il n'était plus que douceur, aménité, et quand il reprit la parole sa voix se fit suave.

– Mais, messieurs, dit-il – soie et satin – cela est tout naturel ! Tous les diplomates agissent comme vous faites. Négocier deviendrait impossible si chacun étalait son jeu sur la table. Les prétentions apparaîtraient si crûment incompatibles, que ce serait à désespérer de toute solution. Il faut que vous masquiez vos intentions, que vous ne les découvriez que petit à petit, à tâtons, pour sentir par où elles s'accordent. Il faut que vous puissiez, à l'abri de votre réserve, changer de projets, de propos, laisser à votre opinion la fluidité nécessaire, s'il peut en résulter une meilleure issue de nos travaux ! Surtout ne vous engagez pas, ne vous liez pas prématurément ! Rien n'est fait, rien n'est dit qu'au tout dernier instant.

Vous recherchez des alliances, n'est-ce pas la chose la plus légitime ? Si en quelque point vous croyez vous entendre avec qui que ce soit, passez un accord sans retard, car le but final n'est-il pas de nous accorder ? Bien plus, il conviendrait qu'envers tous, et non seulement envers quelques-uns, vous agissiez de la sorte, car le problème des négociations serait résolu si chacun recevait une satisfaction, un dédommagement en ce qu'il désire.

Oui, c'est une chose étrange que nos activités revêtent une forme qui, chez un particulier, serait celle des vices les plus mesquins. Mais ce qui serait blâmable chez l'individu, cesse de l'être pour le bien commun. Nous n'avons pas à connaître ni à respecter ces lois de la morale privée, qui interdisent tout retour, tout écart, toute reprise en considération de ce qui avait été précédemment convenu. Surtout, surtout, ne vous embarrassez pas de scrupules! Tenez pour mouvant, incertain, controversable tout ce qui est en jeu dans ces pourparlers, et n'y cherchez que le meilleur chemin. Votre raison, messieurs, est la raison d'Etat.

Je ne puis exprimer le bien-être où me plongea ce retournement de monsieur d'Ublé. A la lecture, on me jugera impressionnable. Il faut cependant savoir ce que sont ces séances en apparence intimes où se débattent les affaires d'un pays, connaître l'atmosphère conventionnelle et courtoise où elles se déroulent, pour concevoir l'esclandre que peut y produire une sortie comme celle du baron. Nous n'étions pas loin d'aboutir après des efforts étendus sur plusieurs mois. Allait-il falloir rompre et peut-être tout recommencer? Ceux qui ont porté le poids d'une responsabilité politique comprendront ce que j'éprouvais.

Une jubilation discrète me remplissait aussi devant la belle performance de monsieur d'Ublé. En mimique et en intonation, il nous avait présenté un morceau de maître. On ne peut, dans sa propre spécialité, voir réussir un coup brillant – le sût-on même dirigé contre soi – sans saluer l'artiste qui l'a exécuté. Il m'amusait enfin de voir monsieur de Mélynes relever le nez avec inquiétude, le relever jusqu'au plafond, à mesure que prenait forme ce discours finalement destiné à saper les positions qu'il avait conquises.

Quant à monsieur de Biron, avec cet excès dans l'effusion qui lui venait de son caractère, il débordait à présent comme tout à l'heure il avait failli éclater, et si précédemment je le voyais saisir monsieur d'Ublé à la gorge, je craignais cette fois qu'il lui sautât au cou.

Pour le baron, témoin des émotions éveillées par sa diatribe, il se penchait vers moi, faisant son rire de vieille femme, et hochait la tête d'un air interrogatif, comme s'il eût dit :

– Qu'en pensez-vous? Nous sommes d'accord, n'est-ce pas? C'est bien ainsi? Vous avez cru que je vous attaquais, que je vous en voulais, que j'étais fâché! Mais non, mais non, nous sommes amis, nous sommes amis...

Et c'est dans ces conditions d'exceptionnelle émotivité causée par un changement brusque – oui, c'est dans ces conditions, qu'après un court débat à l'amiable où il marqua tous les points, je concédai à monsieur d'Ublé le principe d'une quatrième ville. Ce serait La Rochelle, Montauban, Sancerre et une autre. De noms, on n'en cita point, car sitôt mon assentiment obtenu, la séance fut levée. Monsieur d'Ublé voulait en rester sur cette victoire, et moi sur cette demi-défaite, car enfin la place forte accordée n'était pas Angoulême.

Voilà comment je fus dupé par un très habile homme, et le souvenir qui m'en reste me plonge encore dans un curieux embarras. Car jamais je n'ai pu en éprouver de dépit. Même il me plaît d'y penser, comme à un épisode amusant de ma carrière.

Sans doute faut-il attribuer ce beau détachement d'abord à des raisons objectives. Une longue expérience m'avait enseigné que dans tout débat, un avantage trop considérable enlevé par l'une des parties ne lui reste jamais. C'est affaire d'équilibre. Je me doutais obscurément, après mon accord sur Sancerre avec monsieur de Mélynes, qu'un résultat aussi brillant ne serait pas définitif. J'avais marqué un point sur monsieur d'Ublé, c'était tout. Je pouvais prévoir que le vieux comédien nous sortirait un tour de son sac, et rétablirait la situation. Tout ce que je devais obtenir était qu'il ne la rétablît qu'à moitié, de façon qu'il me restât un avantage de ma première manœuvre. C'est la bonne doctrine. Il y avait été satisfait.

Mais je mentirais en disant que mes sentiments personnels n'étaient pas intervenus dans cette affaire. Oui, je me trouvais en état de bienveillance à l'égard du baron. Son jeu psychologique avait réussi. Il est infaillible, d'ailleurs, mais donne des résultats variables selon l'individu. L'amitié naissante que je me sentais pour monsieur d'Ublé avait fait de moi une proie plus molle qu'il n'eût fallu, et cette amitié datait de notre entretien de la veille. Le seul problème qui m'occupa, et m'occupe encore, fut de savoir si dans cette promenade d'après-midi, provoquée par calcul, monsieur d'Ublé fut tout artifice, tout astuce et préméditation, ou s'il s'abandonna par instants, comme je le fis, à l'accueil d'une compréhension mutuelle qui ne demandait qu'à s'élargir.

Jusqu'à quel point avions-nous été sincères, dans quelle mesure étions-nous restés comédiens, lui me tendant son piège, moi y donnant? Le bon souvenir que je garde de l'entretien, me fait croire parfois que les sentiments personnels y furent dominants. D'autres fois je me demande si cette paix de ma conscience ne vient pas au contraire de savoir que j'agissais par profond calcul, et que mes dispositions privées ne servaient que de prétexte apparent? Vous qui dans le royaume pensez être, en les fluctuations de votre destin, l'objet de la sollicitude équitable du prince et de ses conseils, vous ne soupçonnez pas à quel point votre vie, vos proches et vos biens dépendent d'un frisson, d'un remous, d'un éclair dans le sein de quelque inconnu, déposé par le hasard au centre nerveux de la machine publique, et dont vous n'entendrez jamais parler.

J'avais noté chez monsieur d'Ublé une manie singulière : arrivant en compagnie devant une porte, il s'effaçait et cédait le passage avec une insistance qui chez d'autres eût été obséquieuse. Il faisait une sorte de salut, tenant le dos tout droit, et baissant la tête aussi bas que le permettait la longueur de sa nuque. Cet assemblage de deux attitudes, l'une d'orgueil, l'autre d'humilité, produisait un curieux effet. Le dos inflexible attestait que monsieur d'Ublé ne se diminuait pas, et démentait ce que le front incliné aurait pu suggérer de respect. L'angle anormal de la tête attirait l'attention sur la raideur du tronc, de sorte que la déférence apparente se nuançait d'ironie et de défi. Le menton et les joues donnant sur la poitrine relevaient les coins des lèvres dans une moue narquoise, qui résolvait la contradiction des deux attitudes. Monsieur d'Ublé exprimait clairement :

– Je me range, mais c'est par affectation. N'y voyez pas la marque d'une considération excessive. Il ne s'agit que d'une attitude, où je trouve mon compte. Cherchez pourquoi.

Au moment où il sortait de séance avec le comte, il refit cette simagrée, en y appuyant à plaisir. Le comte était chef de la délégation huguenote, monsieur d'Ublé lui devait le passage, il eût pu n'y avoir là rien que de naturel. Mais la tournure qu'avait prise la séance donnait à ce jeu une valeur particulière, car le baron avait bel et bien pris une revanche sur son collègue.

Je ne fus pas peu surpris de voir monsieur de Mélynes accepter avec une humeur évidente le pas qu'on lui cédait. Il ne put en franchissant la porte réprimer un haussement d'épaules agacé, et s'éloigna seul, dans une agitation désordonnée de ses longs bras et de ses longues jambes. Le baron suivit, le sourire aux lèvres, à pas mesurés.

– Tiens, tiens! Ils se détestent.

XIII

Je croyais que certaines méthodes romanes-
ques étaient, en diplomatie, depuis longtemps
révolues. Les tentations de l'argent, du pouvoir,
des femmes ont pris, depuis l'Antiquité, un
aspect si vulgaire, si naïf, qu'on n'imagine plus
le négociateur qui, de bonne foi, s'y laisserait
prendre. Sans doute méconnaissais-je la péren-
nité des faiblesses humaines, ou peut-être notre
époque est-elle moins avancée, moins éclairée,
moins vieille que je ne le crois.

Ce fut avec un sourire mi-perplexe, mi-amusé
que j'appris l'arrivée à Saint-Germain de ma
cousine, Eléonore de Mesmes.

C'était un être extraordinaire : le plus curieux
mélange de contradictions qu'il m'ait été donné
de rencontrer chez une femme. De famille
catholique ancienne, comme moi-même, elle
s'était convertie à la religion réformée. Les
motifs de ce retournement ne furent jamais
connus. Avait-elle, comme le comte de Mélynes,

trouvé intérêt à se rallier à ce qui promettait de devenir une force nouvelle en France ? Mais aucune ambition n'habitait la petite Eléonore : elle ne manquait pas de bien, et quels honneurs eût-elle obtenus dans les milieux austères du culte protestant ? Sans doute une foi sincère l'avait-elle poussée, mais pour la convaincre de rompre, si jeune, avec sa famille, il eût fallu une véritable vocation. Or rien, chez mademoiselle de Mesmes, ne rappelait l'humeur sévère, la gravité inflexible des huguenots de bonne souche. Elle avait la mine rieuse, et un naturel changeant, capricieux, insaisissable même. Peut-être son mystère était-il celui de ces jeunes femmes frivoles, qu'on voit suivre le train du monde pendant quelques années, et qui prennent un jour le voile dans l'Ordre le plus strict. Pour moi je suis tenté d'expliquer sa conversion par un certain penchant aventureux qui, avant de la conduire sur les routes de France, la lança dans la découverte d'un domaine spirituel étranger. Quant à la mobilité de son caractère, j'y vois un effet de ce goût d'intrigue, de cette prédilection pour le vague et l'imprécis, qu'elle tient de famille avec moi.

Apprenant l'arrivée d'une amazone qui traverse la France à cheval, se faisant suivre de son bagage, vous auriez imaginé quelque robuste femme, descendante de Penthésilée, haute et forte comme elle, et de langage vert. C'est à quoi je m'attendais, n'ayant plus rencontré ma cousine depuis son enfance. Tout au contraire, je vis venir une petite personne châtaine, aux yeux bleus, mince et dégagée d'allure, qu'on n'eût jamais prise pour un personnage d'épopée.

Et déjà les contradictions commençaient. Car vous aperceviez une jeune fille dont la tournure appelait des robes légères ou des toilettes d'apparat, et baissant les yeux vous la découvriez bottée. Dans sa main vous auriez mis un mouchoir, un bouquet, et elle tenait une cravache. Son visage, sans être d'une beauté surprenante, avait assez de régularité pour être appelé joli. Vous y trouviez un charme poétique, vous l'auriez situé dans le cadre d'une fenêtre ou sur le fond d'un bosquet. Et il fallait se le représenter sur les chemins, dans toutes les auberges du pays.

– Oh! mon cousin, mon cousin...

Je ne savais comment prendre cette salutation exclamative. Etait-ce qu'elle me reconnaissait tel que depuis des années elle m'imaginait, d'après ses souvenirs d'enfance? Ou au contraire, me découvrait-elle tout autre, et n'en revenait-elle pas de mon vieillissement? Son sourire me faisait pencher vers la première idée.

– Mon cousin, mon cousin...

Elle haletait un peu, comme si elle eût essayé de reprendre son souffle devant l'image que je

116

lui offrais. Je devais apprendre plus tard qu'en face de tout homme elle adoptait ainsi une attitude émerveillée. Il s'agissait moins de sentiment que de mimique, mais l'objet de cet enjôlement se sentait grandir, se découvrait l'âme jusqu'alors insoupçonnée d'un cavalier et d'un héros.

Hélas !

— Ma cousine, dis-je en m'inclinant, voici bien des années que je vous ai connue, petite fille, dans la maison de vos parents.

— Je n'en ai gardé aucun souvenir, déclara-t-elle.

Mensonge. Elle avait alors dix ans, âge où les visions s'impriment assez profondément pour ne plus disparaître. Mais elle voulait, m'ayant témoigné quelque intérêt, me démontrer aussitôt mon inexistence. C'était l'assaut qui commençait, avec les premières passes d'armes. Je me trouvais en famille.

— Ma cousine, repris-je, quel bienfaisant hasard vous amène en cet endroit ? Monsieur de Coligny emploierait-il des femmes aujourd'hui ? Venez-vous porter à ces messieurs la fleur de sa pensée, dont vous seriez seule dépositaire ?

— J'ignorais tout de votre présence ici, dit mademoiselle de Mesmes. Je n'ai jamais vu l'amiral, quoique mon plus cher désir soit de lui être présentée.

Mensonge, évidemment. Trop de coïncidences

me laisse toujours incrédule. Pour l'amiral, je crois assez qu'il n'employait pas les femmes, mais eût-il su que les siens y avaient recours, il ne l'eût pas interdit, non plus qu'aucune autre fourberie, pourvu que sa cause y gagnât. Je ne voyais pas monsieur d'Ublé jouant de ce genre d'intrigue. Il m'a toujours paru que l'arrivée de ma cousine à Saint-Germain devait être l'ouvrage secret du comte de Mélynes.

– Je parcours la France à cheval, poursuivit-elle, depuis la mort de ma mère. Vous savez que je suis d'humeur vagabonde. Approchant de Paris, je suis venue me reposer à la cour.

Mensonge, probablement. Il faut se rappeler qu'en ces premiers temps du mouvement de réforme, la tolérance était grande, et bien que des armées fussent au combat, les huguenots n'étaient pas exclus de la présence royale. On vit longtemps des jeunes filles protestantes dans l'entourage de Catherine de Médicis. Les explications de ma cousine n'appelaient donc pas l'incrédulité. Mais pouvais-je croire que je n'étais pour rien dans cette décision de faire halte aux environs du château? Je posai la question.

– Pour rien, monsieur, affirma-t-elle. Mais à présent que je vous ai vu, je serais navrée de n'être pas venue.

Mensonge?

– N'allez-vous pas vous dévêtir, Eléonore,

118

quitter votre costume de voyage? Ne suis-je pas en train de vous retenir indûment?

– Non, répondit-elle. Cette tenue est celle que je préfère. Je ne me sens à l'aise qu'en bottes. Il faut que je puisse bouger, marcher, courir, je suis remuante comme un garçon.

Son visage et sa tournure démentaient ces paroles. Cependant il fallait reconnaître qu'elle se mouvait avec aisance dans son lourd accoutrement. Toujours ainsi elle offrait des aspects contradictoires et pourtant coexistants, qui faisaient glisser l'esprit sur elle et empêchaient de la saisir. Le sentiment qu'on lui portait ne savait où se fixer, et en déséquilibre constant, devenait fiévreux et inquiet. Elle charmait sans qu'on pût attribuer une raison à son charme. Interdisant tout repos à l'admiration, elle l'entretenait dans un état de trouble qui ressemblait à une forme aiguë de l'amour – bien que peut-être ce fût tout autre chose.

Et ce qui m'apparaissait au physique, devait, dans les jours qui suivirent, se révéler également au moral.

– Promenons-nous, dit Eléonore. Nous parlerons de notre famille.

Et nous voilà déambulant par les allées, prononçant des noms, échangeant des nouvelles, réveillant des souvenirs. Rien ne crée un climat plus facile que l'énoncé des relations communes. Pour lier commerce avec un inconnu, cherchez qui vous est allié. Parlez-en, les goûts et les préférences viendront ensuite. Mademoiselle de Mesmes ne tarda pas à y glisser.

– Quelle vie admirable, mon cher cousin! Voyez, j'étais hier sur les routes, m'arrêtant aux auberges de rencontre. Aujourd'hui me voici marchant avec vous dans un jardin, au milieu de la cour de France. Et demain, je chevaucherai de nouveau. Quel bienfait d'être libre!

– Oui, ma cousine, répondis-je assez ennuyé qu'elle songeât déjà, si légèrement, à me quitter. Aussi vous avouerai-je que les années professorales et administratives de ma carrière m'ont pesé, que je n'ai aimé, vécu et accompli que mes années diplomatiques.

– Vous vous estimez libre dans vos fonctions d'ambassadeur, monsieur?

– Oui, ma chère. Plus que vous sur vos chemins, sur vos chevaux et dans vos auberges. Plus libre que le roi, car dès qu'il m'a fixé les bornes de ma négociation, je suis entre ces limites affranchi de son pouvoir, et le royaume de France ne relève plus que de moi.

Mademoiselle de Mesmes poussa une roulade admirative, que je devais entendre encore dans les jours qui suivirent. C'était une sorte de vocalise à bouche fermée, qui lui gonflait la gorge comme à une colombe.

– Plus libre que le roi, monsieur! Vous êtes un puissant personnage. Quel honneur de découvrir à mon cousin de telles prérogatives, et qu'on le charge d'aussi hautes missions!

– Va, va toujours, pensais-je. Flatte et cajole, je sais où tu veux en venir.

Mais, tout en me méfiant, je ressentais l'agrément de ces paroles, et j'en savais gré à ma cousine. Tel est le danger de la flatterie, qui perce toutes les cuirasses.

– Ma condition n'est pas glorieuse, repris-je, Eléonore. Elle est seulement singulière. Vous vous croyez libre, courant à travers nos provinces. Vous subissez pourtant l'autorité de beaucoup de ministres et, sans vous en douter, vous en connaissez une sécurité rassurante. Vous ne savez pas ce que c'est que d'échapper à toute contrainte, de n'avoir aucun recours, de vous trouver sans appui. Car nul en France ne peut plus m'aider à faire ma tâche, c'est seul que je dois la mener à bien.

– Ainsi vous êtes l'homme, mon cousin, qui peut jouer avec des villes, les balancer à bout de bras, et les faire à son gré passer d'un camp dans l'autre?

Le souvenir de mon rêve me fit sourire un instant.

– Oui, madame. La façon dont vous l'exprimez est fantasque mais véridique.

– Savez-vous qu'il me vient une timidité à marcher auprès de vous! Je ne croyais pas rencontrer un si grand seigneur.

Nous croisions beaucoup de monde, en ce jardin et à cette heure où la cour prenait ses loisirs. L'élégance des femmes s'y étalait avec le luxe que nous connaissions depuis l'avènement des Médicis. Pourtant les yeux des meilleures maisons de France se fixaient sur cette petite personne non débottée, non dépoussiérée, toute rose de sa jeunesse et de sa beauté, qui se promenait en ma compagnie. Et l'expression de ces yeux était telle que l'intimidé, le favorisé, le comblé en cette affaire aurait dû être moi.

– Autant parler tout de suite du traité, pensais-je. Elle finira tout de même par y venir. C'est ce qu'elle veut.

– Oui, ces places de sécurité, commençai-je, ces forteresses que réclame...

– Il faut que je m'habille, interrompit-elle. Je ne puis pas rester dans cet accoutrement. De quoi ai-je l'air ? Et pourquoi me parler de choses si sérieuses, mon cousin, quand je ne suis qu'une femme incapable de comprendre la politique ?

Il était vrai que, dans son costume gris, elle avait l'air d'un enfant qui s'amuse à paraître ce qu'il n'est pas. Je me dis que peut-être j'étais ridicule de la soupçonner, de chercher des calculs où sans doute il n'y avait que le badinage d'une jeune fille malicieuse et coquette.

Je lui baisai la main.

– Revenez ce soir, ma cousine. Nous souperons ensemble dans un site ravissant. Je vous ferai les honneurs de Saint-Germain, puisque vous avez si peu de jours à y passer.

– Vous allez m'en donner du regret, dit-elle en me quittant.

XIV

Aux environs immédiats du château, sur les coteaux qui dominent la Seine, il y avait de loin en loin des endroits naturellement aplanis d'où l'on apercevait le fleuve et la vallée. C'était en lisière de la forêt. J'ai toujours pensé qu'on pourrait là, par quelques travaux de nivellement et de jardinage, tracer une promenade agréable pour la cour. J'y fis dresser une table sur l'herbe, assez loin du château pour que nous ne fussions pas importunés. Le jardin était, de nuit, encore plus fréquenté que de jour.

Mademoiselle de Mesmes arriva au crépuscule.

Je compris en l'apercevant pourquoi elle avait, le matin, contrairement à l'usage, refusé de quitter son peu seyant costume. Comme elle ménageait ses effets! Et que je me trouvais l'objet d'une entreprise soigneusement préparée! Le contraste qu'elle offrit avec sa précédente image fut saisissant, et secoua, je l'avoue,

une garde que je m'efforçais de maintenir iné-
branlable.

Elle apparut dans une toilette où se mariaient
le jaune et le bleu. Un anneau d'or lui serrait les
tempes et retenait sa chevelure. Sur sa tête elle
avait posé une dentelle blanche, ornée de plusieurs rangs de perles. Des chaînes d'or ceignaient son cou, ceignaient sa taille, tombaient
le long de sa robe jusqu'à terre, simples et belles
comme ce métal même.

Le vêtement des femmes offrait à cette époque une heureuse transition entre la sévérité un
peu roide du règne précédent et l'excès dans la
parure qui le compliqua par la suite. Le visage
d'Eléonore, qui charmait sans l'appoint d'une
beauté éclatante, s'accommodait de cette discrète perfection. On eût dit que cette beauté
sans effort était faite pour cette mode sans
tapage. Ce qui l'ennoblissait était le col à la
Médicis, la meilleure invention du temps, fait
pour rehausser le port de tête et encadrer la
douceur du visage féminin.

Qui n'a pas vu ma cousine paraître en robe de
soie sur les coteaux de Saint-Germain, ne sait
pas ce que l'élégance du costume a produit de
plus délicat sous le règne de Charles IX.

Je la conduisis à la table, et l'on nous servit à
souper. Mais j'avais témérairement jugé mademoiselle de Mesmes en croyant la saisir cette
fois tout entière. Ce n'était pas fini de ses

125

mystères et de ses contradictions. Le matin, dans son costume sobre, elle n'avait cessé de me jouer et de me taquiner. Le soir, dans ses atours exquisément féminins, elle m'entretint dès l'abord des affaires de Dieu et de l'Etat. De toute la soirée, elle ne cessa de s'y tenir.

A peine assise, elle posa sur son visage un masque noir. Les dames de la cour avaient pris goût à cet accessoire vénitien, lors des bals et des mascarades que donnait la reine mère. Ma cousine en avait fait couper la moitié inférieure, de sorte qu'on voyait encore son menton et sa bouche.

Elle se mit aux mains des gants fauves, à rubans et hauts crispins, qu'elle n'ôta plus jusqu'à la fin du repas. Ils lui évitaient de se salir les doigts, lorsqu'elle saisissait les viandes par l'os.

Je me trouvais ainsi dîner avec un être indéfini, dessiné en sa forme par de riches étoffes, mais dont je ne voyais presque rien.

Deux yeux me regardaient, changés, plus solennels d'être seuls dans leur encadrement noir. Et si le bas du visage continuait de m'affirmer que j'avais affaire à une jeune femme, j'aurais pu croire au ton de sa voix que c'était une personne très accomplie, très instruite des choses humaines qui s'adressait à moi de l'autre côté de son masque.

– Vous savez, dit-elle, que j'ai embrassé la

religion protestante. J'y suis dévouée, et je n'y renoncerai de ma vie.

– Je sais, répondis-je, et aussi que d'aucuns s'en sont étonnés, car vous étiez une jeune fille en apparence légère, de qui l'on n'attendait pas une si grave décision.

– J'ai trouvé dans ce culte la réponse à des aspirations qui me tourmentaient, à un besoin d'austérité que je sens au fond de moi.

– Je ne vous aurais pas crue austère, ma cousine.

– C'est que vous vous arrêtez aux apparences.

– Et je déplore que si jeune, si charmante, vous le soyez déjà.

– C'est que vous prenez la jeunesse pour la vie. Elle n'en est qu'un moment.

Eléonore de Mesmes mangeait avec grâce. Les mouvements de ses mains étaient menus, adroits, élargis par les hauts crispins. Elle avait l'air d'une dentellière à sa besogne, ou d'un insecte butinant de ses longues antennes la corolle d'une fleur. Les moindres gestes de cette femme austère prenaient un air d'élégance et de séduction.

– Il faut, dit-elle, que la guerre cesse, et la division du royaume. Songez aux malheurs qu'elle cause : les villages pillés, les moissons incendiées, les gens sans pain et sans abri.

– C'est vrai, ma cousine, répondis-je. C'est

vrai. La guerre cause beaucoup de misère et de souffrance. Il faut qu'elle cesse, au plus tôt. C'est la première fois, je vous l'avoue, que j'y songe.

– Comment! Vous négociez sans souhaiter d'aboutir? demanda-t-elle avec indignation. Ou vous ne savez pas à quoi vous travaillez?

– Je souhaite et je sais, dis-je encore, mais pas de la manière passionnée qui est la vôtre. Je suis chargé d'une mission, je l'accomplis méthodiquement, et j'en espère le succès. Terminer la guerre est un problème que je résous par les techniques dont je dispose. Les réalités en jeu me demeurent étrangères. Il s'agit d'une affaire à traiter et d'une habileté qui s'exerce. Voilà tout.

– Je trouve scandaleux, dit sévèrement Eléonore, que si haut placé vous soyez en de telles dispositions.

– Dans vos courses, ma chère, vous avez dû croiser de ces chariots qui promènent des comédiens, ambulants comme vous, et qui s'arrêtent sur les places des villes pour donner des représentations. Curieux de tout ce qui est artifice, j'ai souvent questionné ces gens. Ils m'ont affirmé qu'ils ne sauraient bien jouer leurs rôles s'ils ne restaient froids à l'intérieur. Comment voulez-vous que je tienne ma partie, dans cette pièce que nous jouons à Saint-Germain, si je ne garde pas mon sang-froid? Supposez que soit

128

présente à mes yeux cette image des horreurs de la guerre, avec l'émotion qu'elle engendre, quelle proie facile je deviendrais aux mains de mes adversaires ! Comme ils seraient prompts à jouer sur mes sentiments, et sur ma hâte de conclure ! Croyez-m'en : le négociateur est de glace, ou il n'est pas.

Ma cousine parut accepter cet exposé d'art diplomatique, et jusqu'à la fin de la soirée ne manifesta plus d'agitation. Même elle se mit à parler avec un détachement courtois, sur un ton désintéressé de bonne compagnie. Les vins coulaient à notre table, et nos esprits flottaient parmi des vapeurs quintessenciées qui nous dérobaient la vulgarité des accidents humains. D'autres brumes s'élevaient du fleuve et remplissaient la vallée, nous séparant du monde en ce lieu élevé où nous nous trouvions. Nous étions comme des dieux qui prendraient l'ambroisie au-dessus des nuages, en discutant du sort des mortels.

– Ce qui me frappe, dit mademoiselle de Mesmes, c'est la facilité avec laquelle tout pourrait s'arranger. Qu'il faut peu de chose, pour que la guerre finisse ! Que vous cédiez une ville...

– Que les vôtres m'en cèdent une...

– Il n'y a plus de proportion raisonnable, au point où nous en sommes, entre le peu qu'il faudrait encore consentir et le résultat immense qui en serait le prix.

– C'est vrai, ma cousine. Mais ce peu, chacun de nous parvenu à la limite des concessions, veut que ce soit l'autre qui le donne. De sorte qu'un objet infime, qui en réalité n'importe à personne, tient la paix en suspens.

– Vous ne tenez pas à Angoulême?

– Si peu…

– Est-il vraiment impossible que vous cédiez Angoulême?

– Oui. Car ayant déjà Sancerre, les vôtres auraient ainsi reçu tout ce qu'ils désiraient. Cela ne serait pas équitable. Les miens auraient l'impression d'avoir donné plus qu'il ne fallait, même si leur libéralité ne leur coûtait guère. Pas de transaction valable sans sacrifice mutuel.

– Ce qu'il vous faut, en somme, c'est une concession du côté protestant?

– Imaginez, ma cousine, que j'aille trouver le roi et lui dise : Sire, les pourparlers sont finis. Les huguenots voulaient Montauban, La Rochelle, Sancerre et Angoulême. Ils ont tout obtenu. Que ferait le roi?

– Il passerait chez la reine mère et lui demanderait conseil.

– Vous êtes fine, Eléonore, et bien au fait des choses de votre siècle. Mais que ferait la reine mère?

– Elle trouverait un accommodement.

– Y en a-t-il un qui vous donne Angoulême sans nous en priver?

– C'est un enseignement curieux de la vie, dit mademoiselle de Mesmes, qu'aux situations en apparence inextricables il existe toujours une issue.

– On la croirait diplomate... Comment partagerons-nous Angoulême, Eléonore? La couperez-vous à mi-hauteur? Ou par quartiers, comme un gâteau?

– Vous pourriez nous la céder, mais pour un certain temps...

Chose inattendue, il m'était agréable de converser d'affaires politiques, au cours de ce souper que j'avais projeté frivole et tout différent. Avec un autre commensal, elles m'eussent fatigué, comme des redites de la journée et des heures de travail. Avec Eléonore, elles prenaient une substance différente, je les apercevais dans une perspective plus lointaine. L'endroit, le paysage, les circonstances, les vins, le mystère de ma compagne leur donnaient une allure d'autre monde. La nuit nous repose en changeant notre appréciation des importances, en nous changeant de vie. J'assistais à l'idéalisation du traité de Saint-Germain.

Quand l'ombre fut tout à fait descendue, ma cousine ôta son masque. Nous parvenions au dernier effort, au dernier effet de cette entreprise de séduction qu'elle avait entamée le

131

matin. Pour avoir soupé devant un visage voilé de noir, je n'éprouvai que plus de surprise lorsqu'il reparut au clair de lune. La beauté d'Eléonore était multiple en ses prestiges. Je l'avais connue garçonnière et sans apprêt, je la voyais élégante à frémir – enfin, je la découvrais poétisée. On ne sait rien d'une femme tant qu'on ne l'a pas vue dans tous les habillements, sous tous les éclairages. Et alors même...

Mademoiselle de Mesmes ôta ses gants, et mit sa main dans la mienne. Je la reconduisis en la tenant de cette manière, par les allées cérémonieuses du parc.

Les astres, on le sait, exercent une action maléfique sur la sensibilité humaine. Je ne fus pas indifférent à leur sortilège. Marchant dans la nuit, j'éprouvais un mélange d'attendrissement et d'exaltation qui ne pouvait signifier que de l'amour pour cette jeune femme que j'accompagnais. En même temps je percevais ce que, dans les circonstances où je me trouvais, un tel attachement offrait de blâmable. Je m'en excusais par un troisième sentiment, sous-jacent et familier depuis le début de ma vie : la conviction obscure de me tirer de ce mauvais pas où je m'engageais, de rester maître de ma fortune, de retirer finalement un avantage de ce qui semblait d'abord se diriger contre moi. J'ai toujours cru à ma destinée. Dans ce sens j'opposais, cette nuit-là, les astres aux astres. Je n'ai jamais pu me défaire d'une confiance illimitée en ma souplesse, en mon aptitude à passer par les mailles du filet le plus resserré. La jubilation qui m'envahissait n'était pas due seulement au charme de ma cousine, elle venait aussi de savoir que ce charme était dangereux, qu'il allait falloir en extraire la beauté, sans en accepter l'empire. Je rangeais un ennemi de plus parmi ceux qui me faisaient face. Je consentais un avantage à la partie adverse, en lui ouvrant un côté de ma garde. Je compliquais mon problème, comme un amateur qui n'aime pas les exercices faciles. Et la nuit était merveilleuse, tout autour de nous.

XV

Pourquoi le nier? Les négociations de Saint-Germain prirent un attrait inattendu par l'entrée en scène de cette jeune fille, aventureuse qui faisait l'aventurière, intrigante qui m'intriguait. Et le plaisir en était d'autant plus complet que des idées nouvelles se faisaient jour, pour l'aboutissement des pourparlers. Oui, ce ne serait pas sans intérêt de leur céder Angoulême après tout, mais pour un temps réduit. Ensuite de quoi, tout était remis en question. Un élément flottant d'imprécision demeurait ainsi au traité, solution très humaine et très diplomatique. Qui en avait eu l'idée? D'Ublé? Mélynes? Mais ils l'auraient suggéré eux-mêmes. Mademoiselle de Mesmes, donc. Ma cousine était-elle un génie politique?

Je la rencontrai, le lendemain, accompagnée des deux gentilshommes protestants. Le hasard dirigeait étonnamment les pas, en ces journées historiques, de sorte que je m'étonnai à peine de nous voir si commodément réunis. Nous marchâmes quelque temps et aboutîmes je ne sais comment – certes pas par ma volonté – dans une de ces clairières que l'on découvre aux approches de la forêt. On pouvait s'y asseoir sous les grands charmes, et de nous trouver ainsi formés en concile, bientôt la conversation tomba sur le traité.

Je compris la finesse de cette rencontre et de cette promenade. Il s'agissait d'exploiter sans retard les idées de la veille, et l'influence que mademoiselle de Mesmes avait prise sur moi. Comme elle ne pouvait siéger officiellement dans la petite salle du château, on imaginait cette halte champêtre et un débat officieux. On écartait du même coup monsieur de Biron, de façon à me livrer seul au pouvoir de ma cousine. Et véritablement je l'éprouvais.

Elle n'avait rien épargné pour l'accroître. Sa robe était ce jour-là de satin vert. Les manches gonflées se resserraient en descendant vers les poignets, vers les mains fines et petites qu'elles semblaient proposer. Une cape légère couvrait les cheveux. Une guimpe blanche se déroulait autour du cou, jusque sous les oreilles et le menton, offrant le visage comme une corolle.

– Mon cher seigneur, commença Mélynes de sa voix claironnante, vous avez lancé hier, paraît-il, une idée fort originale. Vous imagineriez d'introduire dans le problème de la qua-

trième ville une notion de temps. Il n'importerait plus que ce soit telle ou telle place, mais
qu'elle ne soit cédée que pour un nombre limité
d'années. Voilà votre invention.

– Il me traite comme je fais la reine mère,
pensai-je.

– Ce n'est pas à moi, dis-je tout haut, mais à
mademoiselle de Mesmes qu'il faut rendre hom-
mage de cette nouvelle. Elle est née de sa seule
imagination.

– Dans ce cas, ne manquons pas de nous y
arrêter, fit le comte en s'inclinant vers Eléonore
avec son joli sourire.

Ce sourire, amusant lorsqu'il s'échangeait
entre hommes, devenait, en présence de ma
cousine, déplaisant.

– Va, pensai-je à l'adresse du comte, tu as
beau t'habiller de noir et protester avec les
huguenots, je te devine aussi paillard que le plus
perdu des moines de France.

Pensant du mal de lui, j'éprouvai le besoin de
lui dire quelque parole aimable.

– Vous avez eu vous-même, fis-je, monsieur,
l'excellente idée de nous conduire en ce lieu
plaisant, où les conversations prennent plus d'aisance de n'être pas officielles.

Je l'avertissais à demi-mot que rien de ce que
nous allions débattre ne m'engagerait. Je me
méfiais de l'influence d'Eléonore.

Monsieur d'Ublé fit sa mine poupine, sourire

de bouche en cœur, petits yeux narquois, haussement spasmodique des épaules.

– Mon noble ami, dit-il, a le goût du cadre et de la circonstance. Il conclurait volontiers la paix du royaume dans un bal ou dans un carrousel.

Monsieur de Mélynes croisa les jambes, déploya toute l'envergure de ses bras, élargit encore son sourire comme dans une scène de cabaret.

– Mon excellent ami, rétorqua-t-il, traîne l'orthodoxie après lui. Il est en service partout. D'un banquet il ferait un concile. Il travaillerait en jouant à colin-maillard. Avec lui, vous vous sentirez en pleine forêt comme dans un cabinet d'études.

Ainsi on ne savait finalement pas si ce qu'on allait dire serait officiel ou non.

Pour moi, sous la lumière verte qui tombait des branches, il me parut que le comte, gainé et corseté de noir, faisait penser à un grand insecte des forêts. Par un jeu d'esprit qui m'est familier, même dans les entreprises les plus graves, j'accommodais l'assistance au cadre qu'elle s'était choisi. D'Ublé rappelait quelque divinité bonasse et ventripotente, issue d'une source voisine. Et ma cousine était dryade. J'avais toujours imaginé blanches ces créatures poétiques. Je m'avisai que le vert convenait à ce qui est sylvestre. Eléonore avait-elle choisi sa toilette, ce matin-là, en prévision des lieux où elle allait me guider? De combien de subtilités ne fis-je pas crédit, en ces jours lointains, à son âme probablement si simple!

Tandis que nous plaisantions et que je me livrais à ces travestissements bizarres, mademoiselle de Mesmes demeurait silencieuse. Son attitude nous rappela au sérieux de nos fonctions.

Monsieur d'Ublé changea de mine, gonfla les joues, fronça les sourcils et prit son petit air soucieux:

– Cette ville, commença-t-il en branlant la tête, que vous ne nous céderiez plus que pour vingt ou trente années.

– Deux ou trois, murmurai-je dans un souffle.

– Pour un nombre quelconque et provisoirement indéfini d'années, trancha le comte en pointant du nez vers les branches.

Rien n'est délicat à fixer comme un ordre de grandeur, et rien ne répugne davantage à l'esprit diplomatique. Une fois établi, le grignoter ou l'arrondir n'est plus qu'un travail courant. Mais le situer d'abord dans l'échelle des valeurs cause toujours de l'embarras. L'expédient habituel est de jeter au hasard une estimation fortement grossie dans le sens où l'on penche, et de noter les réactions. On recule ensuite pas à pas. Monsieur d'Ublé, moi-même et le comte, nous reprenions le numéro qui nous avait déjà servi pour le nombre des villes. Le négociateur ne dispose pas d'une réserve illimitée de tours. Les mêmes resservent, en des circonstances identiques.

– ... Cette ville, acheva monsieur d'Ublé, serait, en compensation, Angoulême.

– Pourrait être, corrigeai-je, si la compensation était raisonnable, Angoulême.

– Pour apprécier si la compensation est raisonnable, finassa monsieur d'Ublé, il faut mesurer l'importance pour vous de ne pas donner définitivement la ville.

– Il faut également peser, répondis-je, l'importance pour vous d'en disposer, pendant quelque durée que ce soit.

– La différence, insista le baron, entre céder définitivement et céder provisoirement est en soi considérable.

– Mais la supériorité d'Angoulême sur toute autre plate-forme est certaine, puisque c'est elle que vous réclamez instamment.

– Reste à voir lequel des deux profits pèse le plus lourd dans la balance?

– Nécessairement le vôtre, mon cher baron, puisque vous êtes demandeur. Si pour obtenir Angoulême, vous acceptez l'idée de ne l'avoir que pour un temps, c'est que vous y voyez votre avantage. Dès lors j'y vois ma perte, et pour ma sécurité, je réduis ce temps à peu de chose.

Nul n'ignore que certain provisoire devient

facilement définitif. Les huguenots y comptaient bien, et qu'une fois établis dans Angoulême, on ne les en ferait pas sortir de si tôt. Je laissais sentir que je n'étais pas dupe du procédé.

L'œil du comte glissa, méprisant, vers son partenaire.

– N'attelons pas la charrue avant les bœufs, intervint-il en se tournant vers moi. Vous parlez, mon cher, de réduire. A partir de quoi? Il faut fixer un chiffre. Vous le postulez, en parlant de « réduire ». Proposez-le donc.

C'était adroit. Monsieur de Mélynes me replaçait dans cette position de demandeur, si défavorable, où monsieur d'Ublé s'était laissé imprudemment conduire.

– La cession temporaire est votre initiative, répondis-je lentement. Il vous revient de la compléter par un chiffre.

– Mais elle joue en votre faveur, reprit le comte, c'est à vous seul de la préciser. Si vous nous demandez combien de temps nous souhaitons de conserver Angoulême, que voulez-vous que nous répondions, sinon : toujours? Vous répondrez : non, un temps. Dites combien.

– Des chiffres ont été avancés, murmurai-je, rompant avec prudence.

– Précisément, deux et trente. Il faut partir de là.

– Quinze ans, suggéra mademoiselle de Mesmes, parlant pour la première fois.

Monsieur de Mélynes ouvrit largement ses bras interminables.

– Voyez, s'exclama-t-il, l'avantage d'une tierce partie. Elle tranche nos difficultés. Quinze ans, voilà, quinze ans. C'est pour quinze ans !

– Permettez, dis-je. Il ne s'agissait que de trouver une base de discussion. Quinze ans, soit. Mais c'est un point de départ. A partir de là, il faut réduire.

– Ou augmenter.

– Rappelez-vous, mon cher comte, fis-je, vos propres paroles : « Vous parlez de réduire. Mais à partir de quoi ? Il faut fixer un chiffre. » Voilà ce qui est fait : quinze ans. La durée de cession serait donc certainement inférieure à quinze ans.

Ce fut au tour de monsieur d'Ublé de regarder vers les cimes. On eût dit qu'il entendait des voix, comme Jeanne la Pucelle dans les champs de Lorraine, sous le règne de Charles VII.

– Mon noble ami, dit-il d'une voix suave, s'exprimait selon le tour momentané de la discussion, non de façon absolue. Il ne prétend pas que chacune de ses paroles soit d'évangile.

– Mon excellent ami, rétorqua le comte d'une voix râpeuse, sait trop par lui-même, combien en parlant on s'égare, voire on se laisse conduire.

Monsieur d'Ublé fit un sourire de poupon, hochant la tête avec empressement.

141

– Mon digne ami, renchérit-il, parle d'or. Laissez-vous mener par lui. Je ne doute pas que sous sa conduite vous n'arriviez à une solution qui satisfasse le roi.

Monsieur de Mélynes prit sa mine truculente, et montra son partenaire comme on exhibe un champion.

– Mon estimable ami pèche par modestie. Passez par où il veut, suivez-le. Il vous donnera tout ce que vous désirez.

Ils continuèrent sur ce mode quelque temps, puis s'étant suffisamment expliqués sur leurs maladresses respectives et leur commune inaptitude à conduire le débat vers une fin autre que profitable à l'adversaire, ils revinrent au sujet. Mais le fil était rompu. Fût-ce l'influence de la belle matinée, ou la présence encore inaccoutumée de ma cousine? Plus rien de valable ne se dit. Enfin mademoiselle de Mesmes proposa que nous rentrions pour dîner. Il lui revint ainsi de fournir les deux seules interventions positives de la séance, parmi nos spécieuses arguties.

Nous retournâmes vers le château qui nous attendait, gris et rose, comme un cadeau posthume du roi François 1er, au terme de cette promenade.

XVI

Je m'étais assoupi sur un banc du jardin. La lourdeur du repas et la chaleur de l'après-midi me mettaient dans un état de torpeur, qui était descendu jusqu'à l'inconscience. Saint-Germain, ses sites, ses personnages, ses tractations s'ennuageaient dans une giration confuse, où rien n'avait plus de place ni par conséquent d'importance.

J'étais allongé, le front sur un accoudoir. La sensation d'une présence étrangère m'éveilla. Ma cousine était derrière le banc, et se penchait sur moi. Tournant la tête j'aperçus la sienne toute proche, et sa bouche étonnamment voisine de la mienne. L'état de demi-sommeil me restituait aux réflexes élémentaires. Je n'eus pas le loisir de penser. Mon visage monta vers celui qui s'offrait, tournant mon corps à contresens de sa pose. Ma cousine se redressa – pas très vite – faisant son sourire en rond, sourcils arqués, surprise, scandalisée :

– Mon cousin, mon cousin! Que faites-vous? Que faites-vous?

Aspiré par cette bouche qui se refusait, je tournai sur moi-même, sans appui, et me retrouvait debout devant mademoiselle de Mesmes. Depuis, je me suis demandé où j'avais trouvé la force et la souplesse d'exécuter ce tour de bête marine. Il y avait fallu une tension des nerfs et des muscles, que j'eusse été incapable de reproduire par la suite.

Trop hébété pour parler, je demeurais à regarder Eléonore, souriante, aussi maîtresse de ses esprits que j'étais peu maître des miens. Elle prit mon bras et me conduisit vers la forêt.

– Venez, mon cousin. Allons rejoindre ces messieurs. Il est temps que nous en finissions de céder Angoulême.

Je ne jurerais pas que ce furent ses paroles exactes, ni même qu'elle parla du tout, car le réel et le rêvé se mélangent curieusement dans mon souvenir. Mais ces mots, elle aurait pu les prononcer. Nous n'en étions plus à feindre entre nous, et il était devenu évident, par quelque évolution secrète, que j'allais céder Angoulême. Le prix demeurait à fixer.

Nous traversâmes le jardin brûlant de soleil, et heureusement désert. J'accompagnais Eléonore machinalement, comme ces personnages qui marchent dans leur sommeil au bord des précipices. Et toujours derrière la tête, au fond de la conscience, m'accompagnait le vague soupçon familier que ce que j'allais faire était bon, que d'une façon ou de l'autre je m'en tirerais à mon avantage.

Messieurs de Mélynes et d'Ublé nous attendaient à l'endroit même où nous avions siégé le matin. La même scène recommença. Mais j'avais changé de disposition. Dans l'état de torpeur où je me trouvais, muni d'une sorte d'insensibilité protectrice, je leur servis un tour qui ne peut réussir qu'en l'absence de toute susceptibilité et de toute imagination. Je déclarai placidement ne vouloir céder Angoulême que pour deux ans, – et les laissai m'attaquer, fermement décidé à ne pas en démordre, jusqu'à ce que, de guerre lasse, ils cèdent.

Ma position n'était pas mauvaise. Alléchés par mon apparente facilité du matin, séduits par les longs délais qui avaient été avancés, les huguenots s'étaient passionnés pour la solution prévue et voulaient à tout prix aboutir. Ce fut une belle algarade. Oubliant dans la nécessité leurs discordes intestines, le comte et le baron se relayaient pour m'entreprendre. Je me faisais l'effet d'un animal acculé, mais sûr de soi devant une meute insuffisante. Monsieur d'Ublé était un gros dogue qui s'avançait, gueule pendante et grondant en sourdine, pour mordre tout à coup. Monsieur de Mélynes évoluait plutôt comme un lévrier, tournant et retournant sur ses longues

145

pattes, attendant de me surprendre et de me sauter dans le dos.

Quand l'énervement fut à son comble, j'ajoutai qu'à tout prendre si le principe de la cession temporaire valait pour Angoulême, il devait valoir aussi pour les trois autres villes. Que le traité risquait d'offrir quelque chose de déhanché s'il accordait une place provisoirement, les autres définitivement. Qu'en conséquence il fallait prendre les quatre pour deux ans ou pour toujours. Et comme je ne voulais pas céder Angoulême pour toujours...

A partir de ce moment je n'eus plus en face de moi qu'un ensemble vociférant de deux êtres irrités qui, renonçant à toute action concertée ou finesse de calcul, apostrophaient, s'élançaient, jappaient et se heurtaient au même mur.

– Vous remettez en cause ce qui a été conclu! accusait le baron.

– Je ne remets rien en cause. La Rochelle, Montauban, Sancerre vous appartiennent, et définitivement. C'est vous qui revenez sur Angoulême, à laquelle vous renonciez et vous proposez un mode de cession qui ne peut se limiter à un cas. Imaginez cette clause qui traiterait une place comme ceci, les autres comme cela? Comment faire admettre par les villes un traitement aussi inégal?

– Vous ne cédez sur rien et vous voulez tout, grimaçait le comte.

– Je donne tout, au contraire! Que me reste-t-il? Voilà les quatre places de sécurité, les premières, celles que vous désiriez. Emportez-les. Je ne demande que d'en reparler dans deux ans.

– Deux ans convenaient pour une ville. Si nous généralisons, il faut en contrepartie allonger le délai.

– Mon cher baron, mon cher comte, vous n'ignorez pas le danger qu'offrent pour nous ces cessions temporaires, si aléatoires en leur terme, si vulnérables aux événements qui se produisent au moment où elles devraient prendre fin. Ce danger, nous l'acceptions pour une ville, maintenant le voici étendu à quatre. Et vous proposez de l'augmenter encore! C'est à un an qu'il faudrait réduire le délai, s'il doit se généraliser...

– C'est vous qui voulez généraliser!

– C'est vous qui voulez la cession temporaire.

– Cédez donc tout définitivement!

– Soit. Mais alors, pas Angoulême.

Je n'aurais pas, en mon état normal, soutenu une conduite aussi impertinente. Elle s'opposait à mon naturel ondoyant, et d'ailleurs comportait trop de risques. Il fallut cette demi-hébétude où me plongeaient les restes du sommeil et

147

l'aventure de mon réveil, pour m'émousser le sentiment à toutes les bottes qui me furent poussées. Ma conscience profonde ne me trompait cependant pas en m'incitant à tirer le plus grand parti de la cession temporaire. Les huguenots, décidés à ne pas la respecter, ne pouvaient en faire une clause prohibitive. Ce qui les vexait n'était pas tant l'inquiétude de perdre après deux ans leurs conquêtes, que mon insistance à obtenir coup sur coup des concessions sans contrepartie. L'allure générale de leur négociation en pâtissait, vis-à-vis de ceux à qui ils devraient en rendre compte.

Il faut ajouter que la chaleur de l'après-midi jouait contre eux. Attaquant, se démenant, après un repas lourd, ils étaient en nage dans leurs habits noirs. Monsieur d'Ublé tournait au pourpre. Toujours pâle, monsieur de Mélynes ruisselait à grosses gouttes. Juillet se rangeait à mon côté. L'été, ce jour-là, se fit catholique.

Quant à ma cousine, elle semblait arbitrer, un sourire aux lèvres, ce furieux combat de mâles. Y trouvait-elle intérêt? L'avantage que j'y prenais lui donnait-il plaisir ou déplaisir? Souhaitait-elle vraiment qu'Angoulême passât aux réformés? Jusqu'où allaient ses convictions de protestante? En faisait-elle un objet d'aventure ou d'ascèse? Etendait-elle son souci au-delà d'elle-même et jusqu'au détail de l'empire que voulait se créer monsieur de Coligny? Fut-elle sincère, géniale peut-être, ou simple jouet aux mains des huguenots? Mystère non résolu de ma cousine, Eléonore de Mesmes.

Enfin on passa par où je voulais. Les quatre villes furent cédées pour deux ans, et on convint qu'une réunion officielle scellerait cet accord dans les prochains jours. Souvenir de mon rêve, une grande cité, maisons et remparts, traversa le ciel de mon imagination, pour atterrir dans le camp ennemi. Messieurs de Mélynes et d'Ublé nous quittèrent, emportant Angoulême sous le bras, et non trop satisfaits de leur acquisition.

XVII

Préoccupé des décisions majeures que je multipliais depuis quelques temps, j'éprouvai le besoin de me faire approuver en haut lieu. Je demandai audience à la reine mère, qui me reçut aussitôt.

– Madame, lui dis-je, de graves difficultés se révèlent au sujet d'Angoulême. Les huguenots n'en démordent pas : ils veulent cette ville. Cependant, s'ils l'obtiennent, ils auront Montauban, La Rochelle, Sancerre et Angoulême, c'est-à-dire tout ce qu'ils désiraient. Est-il normal que des pourparlers se terminent en donnant tout aux uns, rien aux autres ?

– Non, affirma la reine mère, satisfaite de cette évidence.

Elle n'aimait pas les questions embarrassantes. Elle avait habitué son entourage à ne jamais lui en poser qui ne comportassent une réponse facile et sûre.

– D'autre part, continuai-je, pouvons-nous

sur ce point faire échouer la négociation, lier le sort de la France entière à celui d'une ville unique ?

– Il faut con-clure-la-paix, scanda la souveraine.

– C'est là, n'est-ce pas, Madame, l'ordre de Votre Majesté. Il s'agit donc que nous cédions Angoulême sans la céder – que nous la cédions en partie. Comment faire ? Peut-on partager une ville enfermée en ses remparts ? Non, évidemment. Il faudrait la donner… un peu, en somme, pas tout à fait. La prêter, dirait-on, si ce n'était absurde…

– Vous pouvez, interrompit-elle, voyant clair enfin, la donner pour un certain temps.

– Votre Majesté veut dire… ?

– Cédez Angoulême, soit, mais pour quelques années. C'est la donner un peu, pas tout à fait.

– En effet ! Voilà une solution qu'indique Votre Majesté !

– Quand vous ne trouvez pas, monsieur, dit Catherine de Médicis, tournez-vous vers le temps. Il apporte la solution de tous les problèmes.

Elle avait des reparties qui me plaisaient.

– Je n'avais pas songé, insistai-je, à ce biais, qui lève la difficulté.

– Faites donc ainsi, Monsieur.

– Pour la durée de la cession, Votre Majesté

151

désire-t-elle qu'elle soit longue, très longue, que les huguenots conservent la ville si longtemps qu'on risque d'oublier qu'ils doivent nous la rendre?

– Non, dit Sa Majesté.

– Préfère-t-elle au contraire ne la céder que pour un temps fort court, de manière à éviter que les villes ne se détachent de nous?

– Oui.

– Le plus court serait d'un an. Pouvons-nous exiger ce minimum, sans paraître d'une intransigeance, d'une rapacité...?

– Il faut laisser quelque chose à l'ennemi, énonça la reine mère.

– Nous proposerons donc un an, et nous transigerons sur deux, selon le principe établi par Votre Majesté. Ils auront ainsi La Rochelle, Montauban, Sancerre, et aussi Angoulême mais celle-ci pour deux ans.

– Voilà.

– Le traité, insistai-je, cédera quatre places, dont une seule à titre temporaire.

– En effet.

– Trois villes, appuyai-je encore, se verront livrées pour toujours, une quatrième pour fort peu de temps.

La reine mère commençait à saisir.

– Voilà un traitement inégal, observa-t-elle.

– Votre Majesté trouve?

– Je trouve.

– Votre Majesté préférerait-elle que le traité fût plus équitable? Elle estime que les clauses actuelles manquent... comment dirais-je?

– D'équilibre, acheva-t-elle.

– Voilà où le bât blesse. Votre Majesté, je le vois, désire le même traitement pour les quatre villes. Il faut les céder toutes quatre pour toujours ou pour deux ans. Or nous ne voulons pas pour toujours...

– C'est donc l'autre solution qu'il faut choisir, conclut la souveraine.

– Je serai l'interprète des volontés de Votre Majesté en négociant de cette façon?

– Précisément, monsieur.

Notez qu'en apportant ainsi des solutions toutes préparées, je ne faisais que mon devoir de plénipotentiaire. Et en se bornant à les trouver bonnes, Catherine de Médicis tenait son rôle de chef suprême d'une vaste entreprise. Comment eût-elle, seule, fourni la réponse aux mille questions qui se posaient chaque jour? Mais son caractère était ainsi fait, qu'elle prétendait avoir trouvé elle-même tout ce qu'elle décidait. Trop fine, au demeurant, beaucoup trop fine pour être dupe de son propre jeu. Et sans doute se divertissait-elle intérieurement du manège par lequel je m'efforçais de lui faire saisir ma pensée, me démenant parmi les méandres d'une procédure tacitement convenue et qu'elle estimait indispensable à un certain prestige de son rang.

C'est ainsi qu'Angoulême fut prise au roi, le 16 juillet 1570. Il me restait une formalité à remplir, car monsieur de Biron ne savait rien de l'affaire. J'allai le trouver et lui tins ce langage.

– Mon cher baron, les huguenots pour avoir Angoulême consentiraient à ne rien avoir que pour deux ans. Ils s'en sont ouverts à moi, qui m'en ouvre à vous. Vous saisissez tout ce que pareille solution offre d'avantageux. Il est urgent que vous usiez de votre influence auprès du roi pour la faire aboutir.

Monsieur de Biron bomba le torse, et s'en fut incontinent auprès du roi user de son influence. Le roi passa chez la reine mère. Catherine de Médicis dit oui, Charles IX revint dire oui, monsieur de Biron me rapporta ce oui, et tout fut dit.

XVIII

Après ce jour, les événements suivirent leur cours normal. Une séance du Conseil eut lieu, qui consacra les décisions que nous avions prises. Plus rien ne semblait devoir s'opposer à la paix. Les clauses en étaient fixées dans le fond, sinon dans la forme. La grande activité diplomatique de Saint-Germain était finie.

Aussi vis-je mademoiselle de Mesmes reparaître un matin dans son costume gris d'amazone. Ce fut inattendu et sur le coup j'en éprouvai une affreuse tristesse. Il faisait trop beau, la saison n'était pas assez avancée, les choses suivaient un cours trop ascendant pour que nous nous séparions déjà. L'air n'était pas aux adieux.

Elle se tenait là, petite et crâne dans ses bottes, avec au visage ce demi-sourire d'admiration, d'émerveillement essouflé, si connu désormais.

– Mon cousin, mon cousin...! Comment me passerai-je de vous...? Vivre sans vous, loin de vous... de vous qui êtes ceci, de vous qui êtes cela...!

Je ne sais ce qui me vint à l'esprit. Je lui dis :

– Restez quelques jours encore, ma cousine. Je vous confierai un secret.

Son premier mouvement fut de recul, pensant qu'il s'agissait d'un secret d'amour. Je lisais dans sa mine à livre ouvert. Sans doute avait-elle assez d'instinctive sagesse pour deviner que notre connaissance devait, sous peine de perdre sa grâce, demeurer quelque chose d'incomplet, d'inachevé, d'effleuré, de nuageux. Aussi ajoutai-je :

– Un secret politique.

Elle se rasséréna, et son sursaut montra clairement qu'elle était intéressée.

Hélas!

– Je jure, dit-elle, de rester trois jours.

– Venez donc.

Je l'entraînai à l'écart, et commençai en ces termes :

– N'avez-vous jamais songé, Eléonore, qu'il est absurde de se battre pour quelque chose qu'on possède déjà?

Elle me regarda.

– Non certainement, répondit-elle. On ne perd pas son temps à se dire des choses évidentes.

– Voilà! repartis-je. On ne songe pas assez à

ce qui est évident, et on commet des fautes élémentaires. Il me semble que les réformés sont bien absurdes, depuis quelque temps, de se donner tant de mal pour obtenir ce qui leur appartient.

– Angoulême ne leur appartient pas.

– Non. Mais ignorez-vous, ma cousine, que Sancerre est à vous depuis le début de la Réforme?

– Evidemment. Et même nous l'occupons. Mais vous ne nous en reconnaissez pas le droit, ce que nous vous demandons de faire.

– Le droit, le droit... On en met partout. Je l'ai trop enseigné pour y croire. Voyons les faits. Le fait ici, c'est que Sancerre tient à la Réforme par ses fibres mêmes. Que vous l'ayez, que nous l'ayons, ce sera tout comme. Ce peuple-là est huguenot jusqu'à la moelle, et le restera. Nous n'y changerons rien. Ah! si j'avais été des vôtres, je sais ce que j'aurais fait. J'aurais dit : « Donnez-moi La Rochelle, Montauban, soit, et Angoulême, d'accord. Mais conservez Sancerre. Oui, gardez ce nid d'aigle, cette forteresse imprenable sise en un point stratégique de France. Autre chose me suffira, par exemple, La Charité » – sachant que Sancerre, quel que soit son lot, demeurera fidèle à la Réforme, et que sous couleur d'obtenir quatre villes, j'en posséderais ainsi en réalité cinq.

Mon raisonnement était correct et les événements le prouvèrent par la suite. Après la Saint-Barthélemy, Sancerre ferma ses portes aux troupes royales, se conduisit en alliée des huguenots et soutint un siège de neuf mois qui ne laissa aucun doute sur la fermeté de ses convictions.

Mademoiselle de Mesmes remua dans sa tête, quelques instants, les aspects de cette ouverture inattendue, les éléments de cette offre déguisée que je lui faisais. Puis elle releva les yeux avec un sourire charmant.

– Votre proposition n'a aucune valeur, cher monsieur, aucune! Et je crains fort qu'elle n'apporte que peu de résultat. Mais j'ai juré, je reste. Et nous nous reverrons. Ce sera bien pour vous faire plaisir.

M'ayant ainsi placé dans une position d'infériorité, sans toutefois me refuser toute espérance ni fermer la porte aux négociations, cette jeune personne de ma famille s'éloigna sur un dernier salut.

XIX

Souvent, au cours de ces conversations de Saint-Germain, errant le soir par les allées solitaires, je me suis demandé ce qui nous séparait de ces huguenots avec qui nous échangions tant de férocité depuis un quart de siècle. Hasard de la naissance ou caprice de la destinée : j'aurais pu être des leurs, et parmi eux n'importe lequel aurait pu être des nôtres. Le souci de me mettre à leur place pour juger de leur point de vue me donnait une telle connaissance de leur cause, que je m'attardais volontiers à en suivre les lignes essentielles. Comme je voyais bien ce qu'il leur eût fallu faire! C'était facile. Je tenais les deux bouts du problème. Je décidais seul des questions et des réponses, je traitais le destin de la France à vol d'oiseau. Mais je découvrais ceci : que j'aurais trouvé autant d'intérêt à défendre leurs positions que j'en trouvais à me battre pour les nôtres.

Connaissant déjà bien messieurs d'Ublé et de

Mélynes, si différents et si vivants, éprouvant le charme que pouvait offrir une jeune fille hérétique, je ne laissais pas de ressentir une certaine chaleur dans leur société devenue familière. En quoi différaient-ils de moi, de nous? Quelle naïveté dans ma surprise de leur découvrir qualités et défauts, forces et faiblesses comme aux autres hommes, charmes et sourires comme aux autres femmes! Il eût fallu qu'ils apparussent froids, rigides, guindés, impénétrables, inflexibles, secs de tout ruissellement humain : alors peut-être me fussé-je senti devant une autre race à qui rien ne pouvait m'attacher. C'est ce qui se produisit au début. Mais avez-vous jamais connu homme qui pût soutenir ce rôle indéfiniment, conserver son masque sans craquelures, sa cuirasse sans défauts? A travers les fissures quelque chose finit par poindre, un tic, une manie, un travers, un vice, et l'échange s'établit, le fluide circule qui nous est commun. C'est par les ridicules que nous nous sentons frères.

Quelle futilité dans ce qui nous séparait! Quel juste souci de conserver des opinions qui réglaient toute notre vie, mais quel intérêt minime à nous battre pour les imposer à autrui! Qui donc a jamais pensé comme le voisin, aimé comme lui le vert, le bleu, le jaune, le rouge, le doux ou le salé? Tous se ressemblent, et tous diffèrent. J'imagine qu'un jour viendra où catholiques et protestants se coudoieront, dans leurs opinions respectives, sans se croire tenus pour autant de se battre. Et les autres à l'avenant.

Je fus averti que les huguenots nous rencontreraient quelque part dans la forêt, par le même artifice qui permettait à mademoiselle de Mesmes de siéger parmi nous. Mais il convenait cette fois que monsieur de Biron fût présent. Je le pris à l'écart et lui dis :

– Vous avez, mon cher baron, trop d'expérience diplomatique – il rougit de plaisir et sa taille augmenta d'un demi-pouce – trop d'expérience diplomatique, repris-je en m'attardant sur les mots, pour ne pas savoir l'importance des conversations de couloirs. Les plus futiles conduisent aux revirements les plus avantageux. Officiellement, tout s'achève en ce moment. Il conviendrait néanmoins que nous ne perdions pas contact avec ces messieurs de la Réforme. Les couloirs du château conviennent mal aux entretiens d'affaires, on y voit trop de ces filles charmantes qui entourent la reine mère et qui empêchent de parler sérieusement. Tâchons de rencontrer messieurs de Mélynes et d'Ublé à la promenade. Venez, marchons du côté de la forêt, il se peut que nous tombions sur eux.

Et je le menai tout droit où l'on m'avait dit. Nous y arrivâmes en même temps que les huguenots. Monsieur de Biron, qui n'avait encore rien compris, s'esclaffa.

– Quel hasard de nous rencontrer en un endroit si désert! Que vous ayez précisément songé à venir par ici, nous également, c'est admirable!

Monsieur d'Ublé fit son sourire le plus béat.

– N'est-ce pas? Voyez la coïncidence : les uns vont d'un côté, les autres de l'autre... on tourne... et nous voici tous ensemble!

On s'assit autour de la clairière, et mon bon collègue qui n'était pas au bout de ses émerveillements, insista :

– Que justement aussi nous nous croisions là où l'on peut si commodément s'assembler en rond!

Monsieur de Mélynes ricana, et surenchérit d'une voix grasseyante :

– A croire, mon cher baron, que les arbres s'arrangent sur notre passage. Observez qu'il y a tout juste cinq places, pas une de plus.

– Le destin, poursuivit le baron épanoui, voudrait que nous causions ce matin, il ne s'y prendrait pas autrement!

Mademoiselle de Mesmes à son tour lui fit une petite grimace apitoyée et gentille.

– Mais oui, mais oui. Causons... Voilà une bonne idée...!

Il était attendrissant.

Ma cousine portait une robe mauve, et je lui

sus gré d'avoir choisi cette couleur, proche du violet dont nous teignons nos vêtements de deuil. Elle avait mis des anneaux d'or à ses poignets, une chaîne d'or à son cou, une autre autour de sa taille, qu'elles appellent « contenance » et à laquelle pendait un miroir. Le soleil y jouait quelquefois à travers les feuillages mouvants.

La conversation de couloir s'engagea sur un ton discret.

– Voilà, fit monsieur de Mélynes, tout sourires, les pourparlers sont finis. Notre tâche est faite et nous sommes en vacances. On va pouvoir causer à l'aise de ce qui jusqu'ici n'était traité que sur le mode officiel.

– Oui, appuya monsieur d'Ublé, nous sommes pareils à des comédiens rentrés dans les coulisses. Ils parlent de ce qu'ils ont fait en scène, comme d'une autre vie dans un autre monde, où ils n'auraient pas été eux. « Pourquoi as-tu agi, à tel moment, comme ceci, comme cela... ? » « Mais parce que ceci, parce que cela... » « Tu aurais pu... j'aurais mieux aimé que tu procèdes autrement... » Et cætera, et cætera.

– Nous sommes-nous donné du mal, fis-je, entrant dans leur jeu, pour aboutir à un accord ! La Rochelle, Montauban ont causé peu d'ennui. Mais Sancerre ! Mais Angoulême !

– Le plus de peine, observa mademoiselle de

Mesmes, pour les places les moins importantes.

– Voilà! Voilà! opina bruyamment le comte. Les moins importantes!

– Les moins importantes! approuva comme un écho monsieur d'Ublé.

– Les moins importantes... fis-je en hochant la tête. Il me semble pourtant que vous teniez extrêmement à Sancerre, mon cher comte, et vous, mon cher baron, à Angoulême.

– Moi, tenir à Sancerre! protesta le comte, levant la main d'un geste vertueux.

– Je n'ai combattu pour Angoulême, dit le baron benoîtement, que parce qu'il fallait une ville. Au demeurant nous étions deux dans cette affaire, et le comte marchait avec moi.

– Jamais je n'aurais voulu, attesta monsieur de Mélynes avec un geste immense, contrarier les vues de mon excellent ami en réclamant avec opiniâtreté Sancerre.

– Jamais, répondit monsieur d'Ublé, tout rougeoyant d'une chaleur généreuse, je n'aurais tenté, si mon noble ami avait tenu à Sancerre, de faire prévaloir Angoulême.

– Ils vont s'embrasser, pensai-je.

Après avoir débordé quelque temps encore de cette façon, ils laissèrent glisser de nouveau la conversation vers son objet pratique.

– Ainsi vous ne teniez pas à Sancerre? demanda mademoiselle de Mesmes en ouvrant des yeux où baignaient l'étonnement et la candeur.

– Je n'y tenais pas le moins du monde! s'exclama le comte comme si c'eût été une chose de tout temps évidente mais qu'il s'était épuisé à faire comprendre.

Ma cousine se tourna vers moi, exprimant que c'était mon tour de parler, de prêter main-forte à ce renversement de positions qu'on s'efforçait d'accomplir.

– Vous auriez accepté... fis-je lentement, n'importe quelle autre place de sûreté...?

– N'importe laquelle...! affirma le comte, avec une effusion qui témoigna de son bon vouloir et de sa douceur de caractère.

– La Charité... suggéra mademoiselle de Mesmes, ou...

– Oui, approuva monsieur d'Ublé, La Charité, ou... ou...

– La Charité! trancha monsieur de Mélynes.

On se répandit quelque temps en considérations sur cette ville industrielle et bien fortifiée, que les huguenots occupaient d'ailleurs mais qui ne leur était pas dévouée comme Sancerre.

– C'est étonnant, reprit mademoiselle de Mesmes avec la même innocence, que vous soyez d'accord sur La Charité et que vous vous cédiez une autre ville.

– En effet, c'est curieux! fit monsieur de

Mélynes, comme s'il s'avisait seulement du paradoxe de cette situation.

– Hé! oui, c'est singulier, ajoutai-je complaisamment.

– C'est étrange.

– C'est inattendu.

Monsieur d'Ublé gonfla ses joues, et souffla d'un air bénévole.

– Mon Dieu! Si les catholiques y tenaient absolument, que nous importerait de changer? Nous n'avons jamais prôné l'intransigeance...

Je levai les mains, j'exprimai par toute ma personne la longanimité et le bon vouloir.

– Si les protestants y voyaient un progrès vers notre meilleure entente future, pourquoi refuserions-nous de revenir sur ce qui a été fait?

– Sa Majesté connaît notre dévouement, et le respect dont nous entourons sa personne...

– Nous n'avons qu'estime et considération pour les hautes qualités de monsieur l'amiral...

C'était la matinée des révérences.

On devisa quelques instants sur ce thème, enfin il fut décidé qu'une seconde réunion se tiendrait le lendemain afin de mettre au point ce qui semblait être convenu. On se félicita réciproquement des progrès accomplis, puis on se sépara pour dîner, pour réfléchir et pour conspirer les uns contre les autres.

XX

Je me suis interrogé sur les raisons profondes qui ont pu porter monsieur de Mélynes vers Sancerre, monsieur d'Ublé vers Angoulême, au point de créer entre eux cette opposition qui influa tant sur les pourparlers. Je crois les avoir trouvées en ceci : que les d'Ublé étaient d'épée et les Mélynes de robe. Dans ces milieux diplomatiques où l'avait conduit un goût inusité parmi les siens, le baron se ressentait de ses origines qui pouvaient faire douter s'il possédait la souplesse et l'entregent voulus pour accomplir ses missions. Pareillement, dans cette faction turbulente et guerrière où il tentait de faire sa fortune, le comte redoutait de paraître inadapté au mouvement de son siècle et de son parti. C'est pourquoi chacun se gardait du côté où il se sentait vulnérable. L'homme de robe ne transigeait pas sur l'aspect militaire des questions qu'il traitait, l'homme d'épée demeurait inflexible sur le politique et l'économique. C'est ainsi que d'Angoulême et de Sancerre, monsieur d'Ublé crut devoir défendre la ville commerçante, monsieur de Mélynes la citadelle inexpugnable. Agissant autrement, ils auraient pensé dévoiler une faiblesse.

La rencontre du lendemain fut loin de valoir la précédente en urbanité et en modération. D'entrée de jeu, je déclarai ne vouloir permuter Sancerre et La Charité que si Angoulême nous était également rendue en échange d'une autre ville. Et je citai Cognac.

C'était reprendre la méthode qui m'avait réussi lors du débat sur la cession temporaire. Comme cette fois-là, je me proposais de tenir bon, de ne céder à aucun prix, estimant l'opération suffisamment équitable pour avoir des chances d'aboutir.

Mais, je l'ai dit, certaines méthodes ne sont bonnes que si l'adversaire ne les adopte pas également. « Laisser venir l'autre » ne réussit que si l'autre veut bien « venir ». Il en va de même de la « résistance inflexible », car si tous deux résistent on n'aboutit nulle part. C'est ce qui se produisit.

Messieurs de Mélynes et d'Ublé avaient trop de pratique pour me laisser tenir deux fois le même pari. Je ne sais quel mauvais air soufflant ce jour-là sur Saint-Germain, ils décidèrent de s'accrocher aussi et de s'entêter jusqu'à la dispute.

– Le traité est fait, dirent-ils. Qu'on en altère une clause, soit. Il n'est pas question d'en modifier toute la physionomie.

– Tout se tient dans un ensemble, rétorquais-je. Dérangez une partie, elle entraîne les autres.

– Pourquoi? Sancerre est indépendante d'Angoulême. Rien ne les unit.

– Sauf que vous tenez à recevoir l'une, à ne pas recevoir l'autre. Le jeu de la balance, traditionnel en toute négociation...

– L'échange de Sancerre n'est que courtoisie de notre part envers Sa Majesté, affirma monsieur de Mélynes d'un ton édifiant.

– Mon cher comte, dis-je avec amabilité, tout se paie, tout se compense. Je ne puis songer que vous acceptiez cet échange si quelque avantage n'en découle pour vous. A vrai dire je ne sais pas lequel. Je me perds à imaginer pourquoi vous rejetez Sancerre. Je cherche vainement quel profit vous apporte La Charité. J'en suis réduit aux conjectures...

– Passons, coupa mademoiselle de Mesmes – trouvant impertinent, sans doute, que je m'interroge sur une manœuvre que je lui avais moi-même soufflée à l'oreille.

La position qu'elle occupait, liée aux deux partis, l'avait peu à peu imposée, et en fait elle nous présidait. Certaines intonations sèches me firent même soupçonner que l'amiral n'était pas étranger malgré tout au hasard qui la conduisit à Saint-Germain, et qu'une manière de mandat l'accréditait auprès de ses coreligionnaires si respectueux. Je n'en ai jamais su le fin mot.

– Cognac! reprit monsieur de Mélynes. Qui voudrait de Cognac?

– C'est une forteresse comme Angoulême, répondis-je, et comme elle assise sur la Charente.

– Si les deux se valent, finassa monsieur d'Ublé, pourquoi en faire l'échange?

– Pourquoi faire l'échange des deux autres? objectai-je. Soyez conséquents : renoncez-y.

– Non!

– Acceptez donc Cognac.

– Pas davantage!

Je ne pouvais transiger, sachant l'intérêt qu'offrait pour eux ma proposition. Refuser Sancerre leur permettait d'avoir en fait cinq places fortes, l'accepter revenait à n'en recevoir que trois. Leur choix s'imposait. Mais l'orgueil s'était mis de la partie. J'avais eu trop souvent gain de cause. Peut-être aussi s'étaient-ils, la veille, engagés imprudemment en haut lieu? Je ne parvenais pas à trouver l'argument, sonore ou subtil, qui briserait leur obstination tout en sauvant leur dignité.

La chaleur cette fois n'avait plus raison de nos

nerfs. Enfermés dans des positions irréductibles, nous étions calmes : c'est ce qui nous rendait dangereux.

Petit à petit on en vint aux conclusions extrêmes : que si rien ne pouvait nous départager, il faudrait bien, en dernière heure, rompre les négociations.

– Si tel est votre dernier mot, il ne reste qu'à reconnaître l'échec de la conférence.

– Si vous refusez de transiger, tout s'écroule et nous ne pouvons plus que nous séparer.

– Nos travaux auront été inutiles, et tant de difficultés vaincues en pure perte.

– Au moment de réussir, une futilité en somme aura tout compromis.

Puis, de conséquence en conséquence, nous aboutîmes au mot redoutable que chacun avait derrière la tête, et dont nous nous servîmes d'abord comme d'une menace.

– Voulez-vous que la guerre reprenne ?

– Si vous persistez, ce sera de nouveau la guerre !

– Songez qu'il faut éviter la guerre.

– Votre position est dangereuse, elle risque de tout renverser, et alors, n'est-ce pas ?... nécessairement, c'est la guerre...

Sous les branches lumineuses des hêtres, dans le bel ensorcellement de l'été, nous nous remîmes ainsi à agiter les spectres les plus affreux de la barbarie, abandonnés au pire, toute ressource épuisée. Nous prenions des poses boudeuses, paresseuses, indifférentes et nous nous répétions, comme à des gens déraisonnables :

– Voilà, ce sera la guerre...

– Vous l'aurez voulu, les hostilités reprendront...

– Eh bien, soit, on retourne à la guerre...

– Faisons donc la guerre, puisqu'il le faut...

Monsieur de Biron frémissait depuis quelques instants, comme un coursier qui sent le vent de la bataille. Ses interventions s'étaient faites de moins en moins nombreuses, à mesure que nous progressions dans les détours de la procédure secrète. A présent les mots reprenaient une sonorité familière à ses oreilles. Il se pencha, pointant vers nous son doigt court et boudiné.

– Vous employez, dit-il, un terme dont vous ne pénétrez pas le sens.

J'ai déjà noté comme le timbre de sa voix changeait lorsque l'occasion lui était donnée de parler de choses militaires. Le soupçon me revenait alors qu'il y avait en lui deux personnages, dont nous ne connaissions qu'un, le futile. Cette sonorité claire, habituée à vibrer seule, devait être celle des jours de bataille, lorsqu'il donnait ses ordres, ou lorsque le soir il parcourait la campagne, tirant les enseignements de la victoire.

Il nous parla doctoralement, et ses gros yeux

honnêtes ne luisaient pas d'indignation mais d'une conviction raisonnable.

– La guerre, dit-il, couvre des choses affreuses, vous le savez, mais qui sont vraies, et cela ne se sait pas suffisamment. On ne peut pas les traiter comme des idées. Les cadavres dans les champs, cela existe réellement, et cela ne ressemble à rien de ce que vous connaissez. Vous avez imaginé des tableaux de bataille, vous avez lu des poèmes, des récits, vous avez vu des dessins. Mais un blessé sur le talus, c'est épais, c'est réel, ce n'est ni plat, ni colorié, cela porte de la grosse étoffe et quand on le voit on comprend que la vraie vie est une chose qu'on ne vit presque jamais. J'ai connu cela, moi. Un homme mort, au coin d'un labouré, c'est couché sur le dos, les jambes repliées sous soi, les bras étendus, c'est tout seul, et ça a le visage d'une teinte cireuse pour laquelle il n'y a pas de nom. La guerre n'a pas de coloris : tout y est couleur de terre. Le bleu, le rouge, l'or que vous admirez disparaissent, et les cadavres dans les champs sont des taches brunes. Le sang n'est pas vermeil; il est roux et sale. D'ailleurs on n'en voit presque pas : c'est dans les hôpitaux qu'il coule. Avez-vous entendu un blessé qui se plaint, qui geint, qui se lamente? Moi, j'ai entendu cela, et je vous dis qu'un homme n'est pas fait pour exprimer la souffrance; la colère, la méchanceté, le désir de tuer, soit. Pas cette contraction démente ni ces hurlements de bête quand on fouille sa blessure. Avez-vous vu une blessure? Presque personne n'en a vu. Sur le corps humain, c'est quelque chose qui s'ouvre là où rien ne devrait s'ouvrir. Vous attendez un bras, une jambe, et à la place il y a une tache, énorme. C'est contraire à l'usage, à la coutume, c'est inattendu. Eh bien, tout cela, un cadavre sur le dos, une plaie, un blessé qui crie, un village qui flambe, une femme violée puis éventrée qui reste demi-nue sur le carreau d'une chambre démolie, tout cela c'est le vrai. Il n'y a rien de plus vrai que la mort. C'est drôle, parce que tout cela est exceptionnel. Et pourtant quand vous voyez ces choses, vous sentez que le reste n'est qu'une illusion, un rêve où l'on s'imagine vivre. J'ai senti cela, moi. Tout ce que vous faites, tout ce que nous faisons ici n'est qu'une sorte de poème, une mascarade que nous jouons, une peinture, une broderie à laquelle nous travaillons en tâchant d'y croire. Cela nous est difficile, parce que ici il ne se passe jamais rien. Mais là-bas les choses vont se passer, il va en arriver, et ce qui arrive, c'est l'exceptionnel. Devant l'exceptionnel, il n'est pas question de croire ou de ne pas croire. C'est à cela qu'on reconnaît qu'il est vrai. On ne croit pas à la mort, à la blessure, au cri de souffrance : ils sont là, et c'est au reste qu'on ne croit plus.

174

Il fit une moue incertaine et contractée, qui n'exprimait que son souci de trouver des images claires, dans la conviction où il était que nous ne pouvions pas le comprendre.

– Ce n'est pas l'assaut, Messieurs, ce n'est pas le départ à la charge, ni le feu, ni la fureur guerrière sur les visages – et il montrait le sien, d'un geste circulaire de la main – ce n'est pas cela qui étonne et qui fait douter. On est pris par le mouvement, par l'élan, on trouve naturel de se battre. Mais ce sont, après, les corps étendus sur le sol. Il n'est pas normal pour des hommes d'être couchés là. Ce n'est pas leur place. Vous voyez une tache dans un champ, vous croyez que c'est le fumier laissé par un laboureur. Vous approchez, et c'est une forme humaine. Elle a la bouche pleine de terre, cela n'est pas naturel. Il faudrait vous mettre de la terre en bouche pour saisir, non pas l'atroce ou le navrant, mais simplement le vrai de la guerre. J'ai vécu cela, moi.

Et ainsi de suite.

De cet après-midi pourtant date en moi l'impression, jamais perdue, que la vie est également autre chose, à quoi je n'ai pas touché. Pendant un instant – ces intuitions sont fugitives – je saisis une vérité humaine, qui n'apparaît qu'aux extrémités marginales où l'homme va cesser d'être homme, et qui est absolue, quel qu'en soit le sens. A sa manière un peu abrupte, le baron avait fait sonner de curieuses paroles dans notre clairière diplomatique. Et je m'aperçus que cet homme drôle assis à côté de moi avait pénétré, au long de sa carrière, un aspect de la vie et des êtres où je n'accéderais jamais.

Il avait raison. Je suis trop livresque, trop porté aux abstractions. La chaude nature humaine m'échappe. Je marche dans un rêve spéculatif, et ce que j'appelle réalité est un ensemble fort conventionnel de choses et de gens. Il doit y avoir quelque matière plus dense dans le bas, vers laquelle un défaut de pesanteur me retient de descendre. Et j'en éprouve une sorte de crainte, comme d'un élément étranger. Messieurs d'Ublé et de Mélynes, sans doute, partageaient ma condition. Je ne les imaginais pas se frottant aux rugosités de la vie matérielle. Et tous, probablement, presque tous, nous nous déplaçons dans l'irréel ou le semi-réel, c'est pourquoi les accidents nous effrayent, en nous réveillant.

Monsieur de Biron m'apparut un autre personnage. Sous sa face rubiconde gisait une expérience étrangère, et cet homme-là faisait dans un monde inconnu des choses étonnantes et solennelles. Je conçus pour lui, en cet instant précis, une estime et une amitié qui n'ont jamais fléchi par la suite. C'était, paraît-il, un de nos meilleurs capitaines. C'était assurément un détestable diplomate. Mais c'était un homme, en un certain sens fondamental dont j'éprouve la valeur mais que je renonce à définir. Il poursuit aujourd'hui, avec le bâton de maréchal de France, une carrière glorieuse dans les armes. L'évoquant pour la dernière fois ici je lui adresse, par-dessus les années qui ont séparé nos vies, mon lointain et cordial salut.

Il revenait à l'honnête homme d'Ublé de reprendre la parole, et de résoudre le silence contracté qui régna au terme de ce discours. Chacun sentait que des choses avaient été dites, qui n'étaient pas compatibles avec l'usage et la tradition. Les esprits en étaient déroutés, une gêne régnait, une tension propice d'ailleurs aux revirements.

Le baron s'ébroua comme un bon chien, secoua la tête, bafouillant volontairement, levant alternativement l'une et l'autre épaule.

– Mais oui, oui, oui, oui... Notre collègue a bien parlé... fort bien parlé... Tous nous pensons comme lui. Remarquez d'ailleurs... remarquez que nous ne cherchons pas la rupture. Ce qui se dit ici, n'est-ce pas? est conversation d'après-dîner. Nous y poussons les raisonnements à l'extrême parce que nous savons que rien d'officiel ne nous engage... Voilà, rien ne nous engage... Ce sont des propos libres, en l'air, aérés... des jeux de vacances. Au demeurant, le parti réformé n'exclut aucune solution... vous le savez... Non, non, non, non. Nous ne refusons pas Cognac... nous ne refusons pas Cognac.

L'entretien se poursuivit dès lors sur ce ton allégé. Bientôt ce ne fut plus que le paisible colloque de personnes qui se sont accordées et qui se démontrent à l'envi les mérites de la commune solution choisie.

– La paix est faite, dit enfin ma cousine. Il faut nous séparer.

Et l'on se quitta, l'échange des villes étant consenti comme je l'avais proposé en arrivant.

C'est ainsi qu'Angoulême fut rendue au roi, le 22 juillet 1570, par la vaillance militaire.

XXI

La paix fut signée le 8 août. Elle accordait aux huguenots La Rochelle, Montauban, La Charité, Cognac, la liberté de conscience et l'exercice du culte en certains lieux.

C'était mon œuvre exclusive. On en a dit beaucoup de mal. On a objecté qu'elle ne satisfaisait personne, et qu'à tout prendre elle ne dura que deux ans. C'étaient de vaines critiques. Avez-vous jamais entendu dire qu'un partage ait contenté les deux qui se disputaient? Nécessairement chacun y perd, et n'est satisfait qu'à demi.

Quant à l'extrême fragilité de ce pacte, elle était le signe de sa perfection. Il s'agissait d'accorder des adversaires dont aucun n'était battu, ni même défaillant. Seul un équilibre instable pouvait être créé entre ces deux forces égales – et encore, c'était jonglerie. Nous fîmes là du travail de dentelle diplomatique. Aucun traité de l'espèce n'a jamais duré. Ceux qui se prolongent sont ceux qu'un vainqueur impose à un vaincu. Ce sont les plus faciles. Ils durent le temps que le second se relève. Puis ils cessent de durer.

Ce n'est pas un traité, c'est une évolution qui assurera au monde la paix définitive.

Pour moi, ce qui m'étonne dans cet épisode de ma vie, c'est l'infinie subtilité d'esprit qu'en le retraçant j'y découvre. En le vivant, je ne m'en étais pas avisé. J'y ai agi au gré des circonstances. Des réactions de défense, d'initiative se sont développées sans qu'expressément j'y réfléchisse, à la manière dont se produisent dans un assaut les dégagements et les feintes de l'épée. A présent, quelle surprise de voir ces tours, ces détours, ce lacis d'intentions obscures, ces influences externes toujours acceptées et toujours acheminées où elles ne tendaient pas, ces sentiments personnels jamais étouffés et pourtant accordés, par une bizarre incurvation des pourparlers, avec le bien de ma cause! Et il eût fallu savoir tout ce qui se cachait, et que je n'ai pu ramener au jour...

Comme on pourrait m'accuser de félonie, à suivre la courbe de mes sentiments, de mes astuces, et comme on pourrait peu le faire, à juger les résultats qui s'ensuivirent!

Etrange nécessité de l'arbitre, qui lutte contre les deux bords. Le félon est plus latéral que lui : oblique. La vérité n'est pas le contraire du mensonge, trahir n'est pas le contraire de servir...

Je tiens à faire observer que les huguenots n'eurent finalement ni Sancerre, ni Angoulême, résultat que jamais en commençant nous n'aurions osé espérer.

Ma cousine s'en alla un matin, et je ne trouvai plus d'artifice pour la retenir. Je garde le souvenir de sa mine rose, de ses cheveux châtains, de ses yeux bleus, de son costume gris d'amazone et de l'allure crâne qu'elle y avait, de son essoufflement :

– Mon cousin, mon cousin...

Qu'éprouva-t-elle pour moi? Attachement de famille ou de femme? Estime ou sentiment? Dans cette joute courtoise qui nous opposa, chacun avait marqué des points, et nous nous séparions satisfaits l'un de l'autre. Mais l'amour? Est-elle partie lasse de l'attendre, ou le voyant venir? Entre nous quelque chose pouvait-il arriver, qui ne se sera pas produit?

Toute femme est énigme, tout destin reste un problème dans ses possibles inaccomplis. Ce n'est pas moi qui me flatterai de comprendre l'âme humaine, et je ris volontiers de ceux qui s'en croient capables. Ce sont des fous qui prétendent découper en morceaux une vapeur insaisissable, qui leur échappe de toutes parts.

Les personnages que j'ai connus à Saint-Germain ne me laissent que surprise et que doute. Le plus clair qui m'y soit arrivé fut de découvrir dans la même personne deux ou trois caractères différents, mais certains.

Je n'ai plus revu Eléonore de Mesmes. Tous liens rompus entre elle et sa famille, il était difficile d'en recevoir des nouvelles. On m'a rapporté que sa chevauchée l'avait conduite dans les Allemagnes, où elle aurait épousé un junker protestant. Cette issue, triste à vrai dire, ne me surprendrait pas. J'imagine très bien ma cousine, si rieuse et fantasque, achevant ses jours dans les plaines désertes de Poméranie, pour l'accomplissement de quelque vœu secret, de quelque ascétisme obscur où se satisferait sa petite âme indomptée.

Je rencontrai encore quelques fois messieurs d'Ublé et de Mélynes. Je revins d'ailleurs, dans la suite de ma carrière, au château de Saint-Germain. Le souvenir de ces deux gentilshommes y demeure lié.

S'aimaient-ils? S'estimaient-ils?

– Mon noble ami!

– Mon excellent ami!

Se détestaient-ils, comme je l'ai cru? Inséparables dans mon souvenir, l'étaient-ils également dans la vie? D'Ublé si rouge et si finaud, Mélynes au nez si expressif sous les petits chapeaux que l'usage nous faisait porter... J'imagine que, pareils à beaucoup d'associés en art, en commerce, en métier, ils se trouvaient devenus complémentaires à tel point que, sans tenir l'un à l'autre, ils ne pouvaient cependant plus se séparer. Que signifiait d'Ublé sans Mélynes? Il gardait cette âme que j'ai soupçonnée belle à travers beaucoup de simagrées papelardes. Mais comme ses pointes perdaient de leur finesse, privées de la repartie contondante, du grasseyement râpeux que savait y opposer le comte! Que signifiaient ses immobilités malicieuses sans cet escogriffe à ses côtés, mobile et ricanant comme un diable? Et que valait le coup d'estoc de monsieur de Mélynes sans le plastron paisible de son compère, qui en accusait la force tout en y résistant? Que devenait son pittoresque noir et dégingandé, loin de cette rondeur vermeille sur laquelle il se détachait comme sur un fond? Je reste rêveur quand je songe à ce que pouvait accomplir monsieur de Mélynes. Vif de geste et de pensée, charmant ou odieux selon son désir, haussé par sa dimension au-dessus des communs scrupules, il avait ce qu'il faut pour faire un grand homme. Tous deux ont trouvé la mort dans la journée du 24 août 1572.

XXII

Me voici parvenu au terme de ce fragment de
Mémoires. Et je me demande si j'ai bien fait, il y
a trois mois, de le commencer. Je découvre que
ce n'est pas impunément que l'on fouille dans
les choses mortes. A remuer des alluvions
anciennes, on libère des parfums âcres et des
fermentations insoupçonnées. La résurrection
de ces journées perdues m'a rempli d'un singulier chagrin. Voilà une époque où j'ai vécu de
façon intense, par l'intérêt de mes occupations
et le charme d'une femme qui s'y mêla, et je
n'en retrouve le plaisir que noyé d'amertume.
C'est un sentiment au total malsain, contre
nature, et je doute si dans la vie il n'est pas
illicite de regarder derrière soi.

Que m'aura donné ce récit? Peut-être une
illustration du caractère multiple, mouvant,
ondoyant et finalement retors de l'âme humaine, qui m'apparaît fondamental, et qui seul

explique les étrangetés que nous découvrons en nous et dans les autres.

Mais aussi quelle indigence dans la restitution de ces épisodes que j'aperçois aujourd'hui si riches, et dont je n'ai pu rendre qu'un imparfait dessin! Les mots sont frustes comme des blocs mal équarris de pensée. La plupart des nuances leur échappent, ainsi que toute continuité. Ces personnages fleuris, débordants, brûlants de vie et possédés de mouvement que j'ai vus, qu'en saisirez-vous à travers les quelques traits immobiles que j'en laisse? Et ces instants, ces impressions ressenties, comment vous les transmettrais-je? C'est peut-être la millième partie que j'en ai reproduit. Le reste mourra avec moi. Sans doute était-il incommunicable.

Au demeurant il faudrait des années pour épuiser la substance d'une heure de vie. Scruté, chaque détail révèle un abîme, où mille autres en ouvrent un à leur tour. Je renonce devant un travail si vaste, et je crois qu'il est sage de renoncer.

Puisque voici revenu le printemps, je vais cesser les écritures et m'occuper de mon domaine. Je vais me tourner vers des travaux qui – j'y pense – m'exprimeront bien mieux que ceux de cet hiver. Chaque épi de blé, en automne, me contiendra tout entier, au lieu que ce grimoire n'est de moi qu'une esquisse. C'est une chose étrange qu'on ne puisse durer que partiel, desséché, dirait-on. Ce qui est vivant et entier passe, irrémédiablement.

Je viens de regarder par les fenêtres. Le ciel est bleu léger, comme il peut l'être en France, les arbres sont vert pâle, un grand mouvement de sève se produit sous le jeune soleil. L'air libre me réclame. J'aurais pu accuser davantage en leur complexité et en la gravité de leurs conséquences politiques, ces négociations de Saint-Germain. J'aurais dû exposer le contraste entre les responsabilités immenses et la nécessaire légèreté du négociateur. J'aurais aimé traduire moins en leurs gestes, plus en leurs consciences entrevues ces personnages rencontrés. J'aurais voulu dire la profondeur véritable des sentiments qui me traversèrent, et mieux révéler cette aptitude diplomatique qui m'est propre et qu'on n'a jamais reconnue. Mais on ne peut pas tout exprimer.

DU MÊME AUTEUR

Aux Éditions Gallimard

SAINT-GERMAIN OU LA NÉGOCIATION.
CENDRE ET OR.
UNE LETTRE DE VOITURE.

Impression Novoprint
à Barcelone, le 20 juin 2009
Dépôt légal : juin 2009
Premier dépôt légal dans la collection : mars 1992

ISBN 978-2-07-038478-5./Imprimé en Espagne.